THE DAUGHTER OF THE SUN

太阳的
女儿

塔索斯·拉波洛布洛斯 ◎ 著

张雅琳 刘芳讯 ◎ 译

Tassos Lampropoulos

华东师范大学出版社
·上海·

图书在版编目（CIP）数据

太阳的女儿 /（希）塔索斯·拉波洛布洛斯著；张雅琳，刘芳讯译. —上海：华东师范大学出版社，2023
ISBN 978 - 7 - 5760 - 3745 - 6

Ⅰ.①太… Ⅱ.①塔… ②张… ③刘… Ⅲ.①长篇小说-希腊-现代 Ⅳ.①I545.45

中国国家版本馆 CIP 数据核字(2023)第 046270 号

Τίτλος: "Η Κόρη του Ήλιου"
Συγγραφέας: Τάσος Λαμπρόπουλος
Copyright 2022, Τάσος Λαμπρόπουλος
Simplified Chinese translation copyright © 2023 by East China Normal University Press Ltd.
All rights reserved.

上海市版权局著作权合同登记 图字：09 - 2023 - 0342 号

太阳的女儿

著　者	[希]塔索斯·拉波洛布洛斯
译　者	张雅琳　刘芳讯
责任编辑	蒋　将
特约审读	林小慧
责任校对	时东明
装帧设计	卢晓红
出版发行	华东师范大学出版社
社　址	上海市中山北路 3663 号　邮编 200062
网　址	www.ecnupress.com.cn
电　话	021 - 60821666　行政传真 021 - 62572105
客服电话	021 - 62865537　门市(邮购)电话 021 - 62869887
地　址	上海市中山北路 3663 号华东师范大学校内先锋路口
网　店	http://hdsdcbs.tmall.com
印刷者	昆山市亭林印刷有限责任公司
开　本	890 毫米×1240 毫米　1/32
印　张	7.125
字　数	141 千字
版　次	2023 年 4 月第 1 版
印　次	2023 年 4 月第 1 次
书　号	ISBN 978 - 7 - 5760 - 3745 - 6
定　价	30.00 元

出版人　王　焰

（如发现本版图书有印订质量问题，请寄回本社客服中心调换或电话 021 - 62865537 联系）

自 序

《太阳的女儿》是一部历史小说，故事背景为公元前480年的萨拉米斯海战。书中的历史事实做到了尽可能准确，相关历史资料和参考文献在书末有提及。

透克洛斯、帕西法厄和他们身边的所有人物均为虚构。

我想讲一个爱情故事，两个年轻人在艰难的战争年代相爱的故事。我也想和读者分享一些具有哲学思考的秘仪真理，与人、与人生息息相关的真理。

凡是涉及生与死的哲学问题，我们的解读格外重要。同样重要的还有我们在多大程度上利用秘仪真理塑造我们的人生观。

和其他开明文化一样，在古希腊文化中，人生的最高境界是活得有灵性、有德行，人的所有潜能得到释放。先"存在"，再"拥有"。做真实的自己是目标，实现目标的过程需要辛勤的努力、清醒的头脑和强大的灵魂。"拥有"总会随"存在"而来。

我很幸运，跟随两位精神导师学到了伟大的秘仪真理，我把这些知识写进了这部小说，与你们分享。

公元前480年的那几天（著名的萨拉米斯海战爆发之时），一个遥远九月的夜晚，月光下，两个相爱的灵魂带着同样的渴望，一起分享着这些真理。

"可是，时间真的存在吗？蕴含真理和感知的瞬间是永恒的，而所有的永恒只不过是瞬间。"透克洛斯曾经对爱人这样说。

我把这对爱人带到你们面前，请跟他们一起度过人生的瞬间，一起走进那个遥远九月的月光中。

塔索斯·拉波洛布洛斯

2022 年 4 月

译者序：回到伊萨卡

特洛伊战争结束后，奥德修斯历经十年漂泊，终于重返故乡伊萨卡。这是荷马史诗《奥德赛》讲述的故事。公元前 480 年九月的一个夜晚，爱琴海岸幽静的小海湾里，两个相爱的人一起分享《奥德赛》的奥秘。在他们看来，返乡的旅程象征人生之旅，途中充满艰难、挑战和诱惑，旅人只有认识自我、坚守本心，才能抵达生命的归宿、灵魂的圣殿伊萨卡。

像这样探究生命真理的场景在《太阳的女儿》中还有很多。父母与孩子，圣师与信徒，将军与战士，对话中处处闪烁着对人作为人的终极思考，透露出古希腊人的哲理和智慧。书中强调心灵的修行和精神的力量，心灵能容纳宇宙，内心修行的成果是精神上的极致通透，而爱是每个人的目的和方向，爱是通往光明的唯一道路。"一切即一，一切皆爱。"

《太阳的女儿》首先是一部历史小说，虽然人物均为虚构，但萨拉米斯海战的历史背景是真实存在的，因此对历史事件、人物、地点以及古希腊文化等相关内容的翻译提出了不小挑战。我们在翻译时不仅查阅了大量资料，还通过视频和短信方式，多次请作者本人答疑解惑。译文内加标了一百多条注释，以保证信息清晰准确、易于理解。值得一提的是，塔索斯是位资深中国迷，对儒家和道家文化兴趣浓厚，他认为中希传统文化有着相似的哲学内涵，书中传达的思想应该比较容易引起中国读者的共鸣。

塔索斯的另一个身份是诗人，他把诗意的语言带入到了小说之中，译文也努力还原了这一语言特点。比如海战爆发前夕的深夜，透克洛斯骑上一匹希腊名为"星星"的骏马，朝爱人帕西法厄的方向飞驰而去，这一段描写恰似浪漫的诗篇：

> 啊，爱神，你是诗意、疯狂、激情和迷幻的化身，连众神都难逃你的箭矢。在希腊美好而甜蜜的九月，一个俊美如阿波罗的年轻人沉醉在你的仙酿中，怀着满腔爱意，驾着一颗星星飞驰，奔向太阳的女儿！

本书第二译者刘芳讯是伦敦大学学院硕士毕业生，主要从事中世纪综合研究，现在爱丁堡大学攻读第二硕士学位。全书共十四章，我负责翻译前七章，芳讯负责翻译后七章，初稿完成后，我进行统稿、译审和润色，整个过程历时五个月。初次商量翻译计划时，我们选了一家希腊餐厅碰面，在茴香酒的回味中开启了新的"译程"。

每翻译一部作品都是一次奥德赛式的修行，也许五个月，也许五年。每当看到译文化作铅字时，我想，我也回到了我的伊萨卡。

张雅琳
2023年3月

目 录

1	透克洛斯——公元前 480 年 9 月	001
2	帕西法厄	017
3	特米斯托克利——秘密任务	029
4	又见帕西法厄	041
5	战争委员会	059
6	西西努斯	075
7	圣师	087
8	亚里斯泰迪斯与埃斯库罗斯	103
9	水手长尼坎卓斯	119
10	安菲索	131
11	最后一面	141
12	海战	163
13	墓碑	187
14	斯巴达	201

1

透克洛斯——公元前 480 年 9 月

收获月刚到,最坏的消息降临雅典。没有一点办法了,城邦处在崩溃的边缘,大多数城民都在收拾行李,准备离开。

街上堆满了垃圾,人们在家门口七嘴八舌地议论着坏消息。

他骑着马从街上走过。一棵棵巨大的杨树矗立在街边,一直延伸到比雷埃夫斯[1]。他身材高大挺拔,前额垂着几缕棕色的卷发,身穿一件米白色的及膝短袍,袍子边装饰着金线绣的花纹。

他的肩上搭着一条柔软的红色亚麻披风,用纯金扣带系住。他浑身散发着神圣的威严和魅力。看见他的人都会觉得,他们曾在最美的福玻斯·阿波罗[2]雕像里瞥见过他的影子。

他在凯拉米克斯[3]的边界停住马,看见一群人正在悲号痛哭。一个老人拉扯着头发,大声哭喊,请求女神雅典娜[4]怜悯这座城邦。

敌人又一次气势汹汹地逼近。因为厄菲阿尔忒斯[5]的背叛,波

---

1 比雷埃夫斯(Piraeus),雅典主要出海港口,距离雅典城中心约8公里。(本书中的脚注均为译者注)
2 福玻斯·阿波罗(Phoebus Apollo),希腊神话中的太阳神,十二主神之一,司掌光明、青春、医药、畜牧、文学和音乐等事物,常被认为是男性神祇中最为俊美的一位。
3 凯拉米克斯(Kerameikos),雅典公墓所在地。
4 雅典娜(Athena),希腊神话中的胜利和智慧女神,十二主神之一,司掌智慧、技艺和战争,也是雅典城的守护神。
5 厄菲阿尔忒斯(Ephialtes),斯巴达人,意图加入斯巴达国王列奥尼达(King Leonidas)的军队,但因身体残疾遭到拒绝,为了报复,向波斯军队透露了秘密通道的情报,导致斯巴达军队全部阵亡。

斯军队一路击垮了希腊人英勇的抵抗，穿过温泉关1，现在正向雅典进军。

"老人家，别哭了！"他喊道，声音如雷，有点命令人们保持安静的意思。

大家喃喃低语，扭头看向他，眼神中充满惊讶和绝望。他脸上的表情缓和了，微笑着跳下马，朝他们走过去。

"我们欢迎敌人光临！"他话里有话。我们已经准备好保卫家园！"你们在这儿哭喊什么、念叨什么？……我们不是为这种事做好准备了吗？"

"求你了，大人，"人群中有个女人回应道，"不要让受诅咒的波斯人侵占我们的圣城。"

"我是透克洛斯，拉俄墨冬的儿子。我父亲是个英雄军官，十年前为了保卫家园，战死在马拉松2。我是战船船长，雅典战船众多，此刻都停在比雷埃夫斯。请你们竖起耳朵，好好听我说。"

大家盯着他的眼睛，仔细聆听他说的每一个字，他告诉他们作战计划已经制定好。"我们会把波斯人引入一场海战，这是取得

---

1 温泉关（Thermopylae），位于雅典西北面，是通向阿提卡平原的一条狭窄的沿海通道，易守难攻。公元前480年，此处曾发生著名的"温泉关战役"。
2 马拉松（Marathon），古希腊阿提卡地区城市，位于雅典东北面。公元前490年，此处曾发生著名的"马拉松战役"，雅典领导的希腊联军打败了波斯帝国军队。

胜利的唯一机会。不过，我们必须先让他们占领城邦，这是战略问题。相关的命令都已传达下去了。你们所有人应该尽快转移到萨拉米斯岛、埃伊纳岛或者特洛艾森[1]。"

他一边说，一边翻身上马，用脚后跟轻踢马身，离开了。有人又开始嘟嘟囔囔，还有人又开始哭哭啼啼。

"抛下一切确实很难，但恐惧绝不是好盟友。"他自言自语道。

他看着身边惊愕的人群。恐惧吞噬了平静，仿佛春天里突然袭来的北风，无情地吹落了树上的花儿。

"受诅咒的波斯人。"他重复那个女人的话。他听说过，薛西斯[2]大帝自负而疯狂，认为自己是众神的门徒，超越其他所有凡人。

波斯人生活在恐惧和威胁中，没人敢跟这个愚蠢的皇帝唱反调。而在希腊，同样的论调甚至会招来乞丐的嘲笑，他们会毫不忌讳地讽刺口出狂言者，会为这位不朽的皇帝创作无数诗歌和哑剧。

他想到这里，笑出声来。"超越其他所有凡人。"真是可笑

---

[1] 萨拉米斯岛（Salamis），希腊萨龙湾中最大的岛屿，距离雅典约16公里；埃伊纳岛（Aegina），位于萨龙湾南部，距离雅典约27公里；特洛艾森（Troezen），位于伯罗奔尼撒半岛东南边角的城邦，距离雅典约70公里。
[2] 薛西斯（Xerxes，前519—前465），即薛西斯一世，波斯阿契美尼德王朝皇帝。

至极。

"来萨拉米斯岛吧,我的大帝,让我们看看结局如何。当然了,我知道你绝不会亲自出战,我们没有荣幸看见你像被割的稻草一样倒在希腊人的剑下,但我们十分乐意将您的战船和士兵一起送进海底。"

他用左手抚摸马儿的脖子,飞奔起来。这将是漫长的一天,一个重要的任务等待着他。离开雅典的途中,空气的味道变了,海上吹来的甜美清风轻抚他的脸庞。他开心地笑了,驱散了心中的……

不,他一点也不害怕,只是很想念家乡和父亲。这甜美温柔的南风正在他心中悄声说话……"一切都会没事的,我们会赢!"

远处,大海在阳光下闪闪发光。这是九月一个美好的下午。比雷埃夫斯港异常拥挤,许多人聚集在港口,带着很少的行李,等待登上去往萨拉米斯岛或者埃伊纳岛的渔船。

他想着这些被迫离开家园的人们,脸上露出一丝苦笑。

特米斯托克利[1]警告过,无论谁掉了队,都无法活着走出雅典。波斯要求雅典交出"土地和海洋",雅典拒绝妥协,波斯王大怒,凡是落入他手中的希腊人,都会遭到死亡惩罚。背井离乡令

---

[1] 特米斯托克利(Themistocles,约前524—约前460),古希腊重要政治家、军事家,曾担任雅典执政官。

人伤心，但却是必要的。

他骑着马慢慢前行，看见士兵们正在帮助城民登船。一些战船也承担起运输的任务。

他来到庞莱基[1]，这里停泊着他自己的战船，另外还有十九艘战船由他统率。左边有条路通往小海湾，去那儿之前，他决定先登上高高的石炮塔——那是附近的一座瞭望台，能让他俯瞰全景。

他跳下马，轻轻抚摸马头，然后轻快地跳上一级石阶。石阶盘旋至塔顶，他像猫似的爬了上去。塔顶有两个瞭望台，左边的朝向比雷埃夫斯，右边的朝向萨拉米斯岛和裴拉玛[2]地区。他转向了右边。

整个大海尽收眼底。右下方的小海湾里停靠着二十艘战船；更远处，庞莱基光滑的礁石裸露在阳光下，闪着亮光；对面是萨拉米斯岛。

他凝视着美丽的蓝色爱琴海，沉浸在自己的思绪中。

将军现在在做什么呢？他望着海面，好奇地想。把海军舰队的指挥权交给斯巴达人，这样的决定真是前所未闻。

自私的拉西达摩尼安人[3]。真不好说，他们的作战实力确实是

1　庞莱基（Piraiki），比雷埃夫斯的一个区块，距雅典市中心约13公里。
2　裴拉玛（Perama），雅典城区的一处港口，距离市中心14公里，从属于比雷埃夫斯。
3　拉西达摩尼安人（Lacedaemonian），斯巴达人的别名。

一等一的，但在海军方面，他们是外行。斯巴达国王列奥尼达不久前在温泉关英勇牺牲，这件事肯定起到了关键作用，结果就是一个叫欧里拜德斯[1]的斯巴达人统率了整个希腊舰队。

将军特米斯托克利是他唯一信任的人，不仅因为将军是他父亲推心置腹的好友，更因为将军有远见、智慧超群而且拥有丰富的军事经验。

他的思绪飘回到过去。他记得自己曾经受邀去将军家吃晚餐，为了纪念他父亲的英勇善战。父亲和将军是非常好的朋友。两人都毕业于雅典军事学院，父亲比将军稍早一些，他们在学院的年会上认识了彼此。

自那以后，他们成了亲密的朋友。特米斯托克利还投身政治活动，他才能出众，获得了最高的政治地位。

他的性格透露着军人的精神品质，这也是他誓死捍卫的美德。只要家园陷入危险，他总是战斗在最前线。

他从不会因为身居高位而退避，就连他的政敌都欣赏他这一点。他曾和父亲在马拉松并肩作战！

特米斯托克利的妻子叫阿尔切佩，是一位贵族女人。她跟雅典所有的已婚女人一样，用缎带束着头发，她的举手投足间都带

---

[1] 欧里拜德斯（Eurybiades），斯巴达将领，在第二次波希战争（前480—前479）期间统领希腊联军的海军舰队。

着善意。

她熟练地把餐盘端上桌，看着透克洛斯，笑容里写满了对他丧父之痛的同情和理解。她说："你父亲特别喜欢这道菜，他来做客时，我经常做给他吃。"

他礼貌地表示感谢，始终没有抬眼。他们默不作声地吃起来，特米斯托克利拿起双耳瓶[1]，给透克洛斯斟上酒，说他现在是大人了，可以喝酒。

他们举起酒杯，喝下第一口"追思酒"。然后，将军给他讲了马拉松胜利之战的所有故事，还有他父亲英勇牺牲的细节。他父亲，吕西亚斯的拉俄墨冬，在这场战役中不幸被波斯人围攻。

拉俄墨冬打倒了四个波斯人。有个波斯人看准他头盔下的缝隙，从侧面刺向了他的脖颈，这是致命一击。

"我感觉我的心跳都停止了，我用尽全身力气大吼，跑过去帮忙。"将军说，他瞪大眼睛盯着桌子，喘着粗气，仿佛又回到了战场。"他倒下了，又有个波斯人一剑刺进他的肚子。我大喊，全力扑了上去。很快又来了五个我们的人帮忙，我们杀死了波斯人，但不幸的拉俄墨冬已经死了。"

---

1 双耳瓶（amphora），有两个把手，瓶颈细长，一般用来装油或酒。

他突然停了下来,双眼湿润。他看了一眼透克洛斯,又看了一眼阿尔切佩,迅速抹掉泪水,然后深吸一口气,继续往下说。最后,他用令人难忘的短短一句话结束了故事:"我们赢了"(Nenikikamen)。

"我们赢了!"透克洛斯想。战役取得了胜利,可他却不幸失去了父亲。"哦,父亲,我太想念你了。"他苦涩地自言自语。

他的手不自觉地摸向腰带扣,那上面刻着女神雅典娜的头像。腰带是父亲的,经历过日复一日的斗争,经历过为自由和生命而战的战场,已经磨损得不成样子。它由厚牛皮制成,银质腰带扣很精致,上面刻着众人所爱的女神。

这条腰带能打开他心中的一道密门,门后是一个光明而安全的地方,他永远能在那里找到深爱的父亲。他每次摸着这条腰带,内心便充盈着回忆和情感。他闭了一会儿眼睛,往事涌进了脑海。

他记得小时候,父亲用强壮的手臂抱住他,笑着把他高高举起来。父亲亲吻他稚嫩的脸庞。他感觉父亲的胡须又多又乱,但眼睛里都是笑意。父亲的眼睛里永远装满真爱和温暖。

父亲曾在马拉松平原打败了恐怖的波斯皇帝大流士[1]。战败

---

[1] 大流士(Darius,前550—前486),即大流士一世,波斯阿契美尼德王朝皇帝,薛西斯一世的父亲。

后,大流士集结庞大的军队,准备再次向希腊发动进攻,但没过几年就去世了。

他儿子薛西斯继位,所以现在是希腊人的儿子和波斯人的儿子之间的战争。拉俄墨冬之子透克洛斯以父亲的鲜血起誓,不仅要守护家园,还要为父亲报仇雪恨。

"父亲,已经过去十年了。"他轻声地对自己说,回想起十年前在阵亡士兵的纪念仪式上,特米斯托克利邀请他站在所有雅典领袖的面前。

特米斯托克利朗诵了一段话,歌颂父亲的勇气和荣光,然后把两件意义重大的纪念品交给了他:

第一件是一枚金牌,一面刻着"马拉松490",另一面刻着"NENIKIKAMEN"。第二件就是这条珍贵的腰带,搭扣上刻着城邦的守护女神。

特米斯托克利站在少年透克洛斯面前,对他说:"孩子,不要哭泣,不要悲伤。对一个城市的生存和发展来说,自由与和平具有至高无上的价值,获得它们总要付出代价。那些为了捍卫理想而英勇战死的人将永远活在我们心里,他们会指引我们,鼓励我们追求荣光、变得勇敢。我期待自己也能战死沙场,也希望你永远不要辜负你父亲的美德、勇气和伟大。"

透克洛斯的双眼湿润了。他用左手接过金牌,将父亲那根用旧的腰带紧紧绑在右手上,他的心跳得飞快。

他盯着腰带看了一会儿,发现搭扣边的牛皮上有斑驳的血迹,内心深处突然袭来一阵剧烈的疼痛。

他用拳头紧紧攥住它,咬紧嘴唇,忍住快要夺眶而出的泪水,不允许自己流泪。

他为父亲感到无比自豪。父亲是个方方面面都很出众的人。

吕西亚斯的拉俄墨冬出生于雅典市下属的临海自治区埃克森尼。他父亲吕西亚斯是商人,母亲劳底刻是教师,但她并不在任何一所学校教书,她为学校的老师们编写教材。

家里很富裕,他们让拉俄墨冬接受了雅典城最好的教育。

除了科学知识,拉俄墨冬还决定学习军事技巧。二十三岁那年,他进入雅典高级军事学校,在那儿待了三年。

几年后,他被厄琉息斯秘仪会[1]吸收入会,而且达到了最高级别。

对透克洛斯来说,父亲拉俄墨冬意味着生活的全部。透克洛斯由保姆带大,他在这个世界上没有别的亲人。亲爱的母亲珀利

---

[1] 厄琉息斯秘仪会(Eleusinian Mysteries)是古希腊时期最著名的一种神秘文化现象,其具体细节和启示意义对入会者以外的人一概保密,因此被称为"秘仪"。一年一度的入会仪式是泛希腊地区最负盛名的宗教仪式,参与者崇拜主管农业和丰饶的女神德墨忒尔(Demeter)和她的女儿珀耳塞福涅(Persephone)。

达涅雅突然身患重病，离他而去，那时他只有六岁。

关于母亲的点滴记忆，他都深埋在心中。小时候的他曾经拼命回忆关于她的一切，这不仅仅因为他不愿忘记他们共度的时光，更因为他不愿忘记和她在一起的感觉，不愿忘记在她怀里的感觉。

有时候，失去母亲的感觉如此强烈，还是小孩子的他承受不了。他总是远离所有人，自己躲起来哭。他不想让任何人看到他哭泣的样子。

他母亲，泰克翁的珀利达涅雅，是雅典人，出生在一个贵族家庭。她父亲泰克翁是一名受过良好教育的富商。他的独女珀利达涅雅长得十分美丽，并且接受了最好的教育和培养。她是雅典上流社会的年轻人，许多男人想娶她为妻，最后俘获她芳心的是透克洛斯的父亲拉俄墨冬。

外祖父泰克翁德高望重，是雅典城邦议会的重要成员。他也加入了厄琉息斯秘仪会，也达到了最高级别。他正是在秘仪会认识了刚入会的拉俄墨冬。

这个刚入会的年轻人有着非凡的智慧和深邃的思想，给他留下了深刻印象。一天，他邀请年轻人回家共进晚餐，聊聊天。在泰克翁华丽的宅子里，透克洛斯的父亲遇到了他的母亲。

外祖父泰克翁家里来来往往的人很多，大多是作家和哲学家，还有受过高等教育的人，他们热爱哲学，热爱秘仪会。

那时候,伟大的贤者赫拉克利特[1]第一次从伊奥尼亚[2]来到雅典,在透克洛斯的外祖父家住了几个月。赫拉克利特出生于以弗所[3],家族是显赫的伊奥尼亚贵族。据说他的家族继承了王族血脉,族谱上可以追溯到雅典国王客多斯。

赫拉克利特是当时公认的最有智慧的希腊人之一。

他们和外祖父展开了无穷无尽的哲学讨论,参与其中的还有雅典城邦议会的一些重要成员,所有人都熟悉哲学和秘仪会的知识。

赫拉克利特的箴言在许多雅典人中口耳相传,经久不衰。比如,他将"万物永动"的观点描述为"人不能两次踏入同一条河流",还有关于"和谐"的名句——"极致的和谐往往从对立事物中诞生"。

赫拉克利特说出后面这句话时,笑着用男人和女人来举例。男女虽然有别,却能达成极其和谐的互补。

不过,他说的很多话都晦涩难懂,外祖父泰克翁跟不上,笑着打趣说:"老师,现在我明白为什么大家都叫你'黑暗赫拉克利

---

[1] 赫拉克利特(Heraclitus,约前544—前483),古希腊哲学家,主张"万物皆动"、"万物皆流"。
[2] 伊奥尼亚(Ionia),古希腊时期对今土耳其安纳托利亚西南海岸地区的叫法。
[3] 以弗所(Ephesus),古希腊重要贸易城市,以海洋贸易为主。

特'了。"

透克洛斯的母亲在这样一座华丽的宅子里长大,这里有爱,有高等教育,有精神的力量,有智慧的光芒!他父亲的成长环境也是一样。

这也正是他的父母想为他创造的环境。透克洛斯从小到大感受到了许许多多的爱和鼓励,感受到了精神的力量。

说到母亲,他永远也不会忘记她美丽温柔的笑容、她的双眸、她的气息。她的眼睛依旧在他心中闪烁。那双蜜色的眼睛像蜜糖一样甜美。

她的气息也特别美妙。透克洛斯清晰地记得母亲的气息。当她亲昵地抱他入怀时,她的肌肤闻起来就像醉人的玫瑰花。

2

帕西法厄

炮塔下传来一些声音，透克洛斯从如梦的回忆中回过神来。眼前的大海闪闪发光，他再次眺望这一片美好的蓝色。是时候动身了，他想。特米斯托克利正在对面的萨拉米斯岛等着他。

他转身准备离开，一种莫名的冲动驱使他走向了另一边。他匆匆穿过左边的门，站在炮塔的石头护墙上，朝远处望了一眼，埃伊纳岛出现在视线正前方。

他往左走，看见连着石墙的瞭望台尽头有一个女人的身影。他止住脚步，盯着她看了一会儿。女人一动不动，仿佛连呼吸都没有。

他小心翼翼地迈步，缓缓朝那边走去。距离越来越近，他看见她有一头长发，身上的外袍非常短，盖不住玲珑有致的身姿。女人还是纹丝不动。也许她遇到了什么难题，他想。他又向前走了几步，微微靠向她的肩头，说："没事吧？需要帮助吗？"

女人吓了一跳，猛地转过身，迅速抽出腰带上的小刀，架在他脖子上，说："不想死就别动。你是什么人？找我做什么？"

她的双眼透露着一个斗士的坚决和勇猛。他十分无辜地看着她，眼神和声音都充满惊奇，说："你就要这样无缘无故杀了我吗？我以为你需要帮助，才过来看看你。让我介绍一下自己吧，我是拉俄墨冬的透克洛斯，'雅典娜胜利'号战船的船长。我的船就停在下面的港口。很可惜，从炮塔这一侧看不到。"他的语气中没有任何恶意。

她往右下方瞥了一眼。没错，看不到海港和战船，但她记得在附近看到过战船，就在她来塔楼随便走走之前。

她慢慢放下刀。这男人说的是真话。她知道怎么区分谎话和真话，而且她的直觉也告诉她不必担心，没什么危险。

她后退一步，仔细打量他。

"既然避免了流血事件，我们不妨好好相处。"他露出浅浅的微笑，眼前的她更加真切了。"可以介绍一下你自己吗？"

她拥有健美的身材，长长的黑发垂到腰际，脸蛋十分甜美，双唇动人，一双明眸闪闪发光。

她身上的黑色外袍非常短，只在一边系紧，一个肩头露在外面，匀称结实的双腿一览无余。她看上去出身贵族，但没有佩戴任何珠宝首饰。她比他小，肯定不是雅典人，他想。

他又对她笑了笑，说："怎么样？"

"我是帕西法厄，太阳的女儿。"她微笑着说……看到他脸上的惊讶，她又补充道："我是来自斯巴达的帕西法厄，薛纳尔卓斯的女儿，舰队司令欧里拜德斯的侄女。"

"哦。"透克洛斯情不自禁地感叹！"哦，天啊，太难以置信了，我居然偶遇了斯巴达人的侄女。"他心里这样想，嘴上却说："你来这里做什么？为什么没留在斯巴达？那边现在还很安全。"

"这正是我来这里的原因，守护斯巴达和希腊的安全。我叔叔想尽一切办法阻止我来这里,"她说,"反正到最后他也不会让我上他的战船。但我决定了,我真正需要做的就是听从内心的召唤。再说了,战争不可能经过一次海战就结束。"她的语气越来越坚决。

"不得不承认,尽管我费尽口舌向他解释,还是没能说服他。"她望向大海,继续说,"很遗憾,战斗打响时,我不会在他的战船上。我在这件事上失败了!"

"失败?"他的话音里带着几分疑惑和嗤笑。

她转向他,微笑着说:"嗯,面对成功和失败,我们斯巴达人懂得保持绝对的克制。真正重要的是奉献、秩序、精神和效率,做到无懈可击是一种战斗品质。"

"啊,我一点也不怀疑你的战斗品质,"透克洛斯大笑道,"就在刚才,你差点杀了我!"

这句话逗得她一阵笑,她抱歉地看着他。他发现当她脸上的表情变化时,简直美极了!

"我叔叔希望薛西斯接受挑战,在海上决一胜负。"她换了个话题继续说。

"他会接受的!我们希望也相信他会接受,"透克洛斯回答说,"毕竟无论哪一方赢下这场海战,都相当于赢了整个战争。薛西斯自认为是万王之王,绝不会无视我们的挑战,更何况他拥有1207艘战舰,而我们只有310艘。"

"说实话,我很高兴希腊人全都团结起来了。真希望我们可以永远这样团结下去,而不只是在面临波斯人的巨大威胁的时候。"她认真地看着他。

她的话像音乐一般流入他的耳朵,深深触动了他的心。他的想法跟她的一模一样。他直视她的双眼,眼神中充满欣赏,他轻声说:"但愿众神能听到你的愿望!这也是我的愿望。引发纷争的根源主要是无知。我们心中住着最美好、最明亮的自己,内心深处有一个神圣的真理,散发着明净而澄澈的光芒。万事万物都与友爱、团结、理解相连。一切即一!"

"这一番道理很美妙,你的话触动人心。"她回应道。

他们沉默地看着对方,感到一股神奇的亲密力量突然把他们联结起来。

"头脑知道的东西太少了,跟生命的奇迹相比,它所拥有的知识不过像一粒尘埃那样微小。"他说。

"噢,你更像哲学家,不像战士。"她说,第一次对他露出了灿烂的笑容。

他直视她的双眼,跟着笑了,说:"你拥有完全不同的美丽。说真的,我很欣赏你散发出的女性能量,但我有种感觉,有时候你会变得很火爆。"

"火爆?"她故作天真地重复道,狡黠地笑起来,语气中带着雅典女人少有的无拘无束,"对我爱的人,我是甜蜜的爱情炸弹。

对我恨的人,我是危险的致命炸弹!"

"哦,天啊,我绝不想当后者,"他笑着说,"至于前者,我非常渴望成为其中一员,尽管我遵循的礼节和所受的教育不允许我说这种话。"

"哈哈,可你刚刚说出来了!"她说,"啊,我的天,你真有勇气,我非常喜欢这一点。"

"是啊,说实话,你让我觉得能拥有你这样的女朋友是多么幸福的事。"

"哦,也许我应该跟你说清楚,我不可能成为任何人的女朋友,因为我热爱真理和自由。这些品质,尤其是热爱自由,对年轻男人来说似乎没什么吸引力。我说话总是实事求是,做事总是随性而为。我不是'期待'而是'要求'别人必须尊重我的个人自由。"

"我知道,女人在斯巴达享有权利和社会地位,这跟希腊所有的其他城邦不一样。在雅典,这样的权利被认为是可耻的。但我明白你的意思,你表达的也正是我的观点。"

"在斯巴达,不论男女,我们都以灵性教育为骄傲。城邦不仅保障女性可以接受普通教育,只要她们愿意,还可以系统性地学习雄辩术和哲学思想。"

"哦,天呐,我太欣赏这一点了,"他说,"我喜欢思想敏锐,接受过教育,能进行哲学思考的女性。我喜欢有文化、有灵性的人。我还明白你的话会吓到缺乏安全感的人,而这世上有许多缺乏安全感的男人和女人。"

"我很开心,你是个与众不同的雅典男人。"她说,又对他露出一个微笑。

"谢谢,我确实正在努力成为一个更好的人,教育和哲学精神能解放人的思想。接着我们刚刚的话题说,我相信欣赏和仰慕是爱的前奏,深深地欣赏一个人意味着认可这个人的个性和自由的价值。对我来说,爱首先意味着欣赏、尊重和信任。"

"一点儿没错,"她轻声说,"许多人认为操控是爱的一部分,这种观点大错特错,不可接受。一个人不能把自身的无能和不安全感称作爱和关心。真正的爱并不是约束对方,而是赋予对方一双新的翅膀!"

他着迷地看着她,心想:"这是个了不起的女孩,拥有自由的灵魂,内心燃烧着一团火。"他的脸上绽放出灿烂的笑容。

他的想法跟她的一模一样。他也厌恶妒忌,认为许多恋人试图囚禁彼此的做法是不安和小气的表现。

短短几分钟里,两个人都没有丝毫刻意,却生出了一种愉快和甜蜜的力量,让他们感觉彼此已经相识多年。

这种感觉美妙极了,周围的一切变得不再重要。这一刻,整个世界好像只剩下他们两个人,他们只有彼此。

他们都感觉到了这一点,一时说不出话,脸上挂着微笑,有困惑,也有痴迷。

"很遗憾,我不得不走了,"透克洛斯说,"我必须赶往萨拉米斯岛,不过……我很想再次见到你。"

"能带我一起去吗?叔叔还不知道我来了比雷埃夫斯,他以为我留在难民营。他安排认识的一家人照顾我,把我留在他们身边,可惜他看错了我。"她笑着说。

透克洛斯同意了,叫她跟着他。他们顺着石炮塔的台阶而下,向码头走去。途中他停下脚步,让她稍微走在前面。"这条袍子太短了,肯定会吸引我手下人的注意。"他一边想,一边欣赏她美丽的大腿和清晰可见的好身材。

他想起曾在书中读到,斯巴达女人常常裸露身体,从来没人谴责这一点,大家都习以为常。书里还说,在斯巴达,未婚女子会留长发,穿短袍,就像帕西法厄一样。等结了婚,她们会剪短头发,换上更长的袍子。

她停了下来,转向他。"还好吗?"看他站在原地不动,她开口问道。

"我想请你帮个忙。"他回答道,解开扣带,脱下肩头深红色的披风。阳光下,披风边缘精致的绣纹闪着金光。

"请把它系在腰上。我手下的人都是孤身多年,因为备战,他们被禁止下船。我们登船时,你最好把它围上。"

"哦,好吧。"她笑着接过红披风,把它系在腰间,膝盖以上都被遮住。

他们走到码头。两个卫兵把守着入口,看到指挥官,马上立正站好。

透克洛斯把马交给其中一个卫兵,随后带着帕西法厄去往他的战船。

"啊!我的天呐,'雅典娜胜利'号太完美了。"看到战船后,帕西法厄兴奋地喊出声来。

它看上去简直像一件木头做的珠宝,船体是迷人的棕褐色,锃亮发光,三层船桨悬在空中,桨框由金色金属镶边。船桨正上方挂着盾牌,从船头排到船尾,盾牌上画着精致的雅典军徽。

船尾末端有一个鱼尾形状的木头装饰,也涂成了金色。船身两侧各有一条宽宽的金青铜饰带,船头两侧各有一只大大的希腊式眼睛。

中间桅杆上飘扬着一面蓝白旗,旗子上是身穿战袍的雅典娜女神,四周排列着几个大字"雅典城—'雅典娜胜利'号"。

船头硕大的金属撞锤令人生畏,撞锤上方立着一尊典雅尊贵的木雕像,仿佛在引领、保护这艘船。她正是雅典娜,雅典人的守护女神!

"你能喜欢它,我很开心,"透克洛斯说,"它是我灵魂的一部分。如果你想听,我可以向你介绍一下它。"

"我非常想听。"帕西法厄兴奋地回答。

"嗯，船长一百二十三英尺[1]，宽十四英尺，吃水深度五英尺。船员总共两百人，其中一百七十人是划桨手。它拥有极强的动力，最高速度可以达到十节[2]。战船的武器是船头底部的金属撞锤，只要以合适的速度撞击敌船，就能将对方撞沉。船上的长官依次有：总指挥官，也就是我，"他笑了笑，"然后是水手长，他是副指挥官，负责接收指令、指挥划桨手；还有领头桨手，负责控制划桨的节奏；两名船舷守卫，负责监督左舷和右舷的划桨手；十名杂勤水手，另外还有十四到十五名战士，包括重装步兵、投枪手和弓箭手。我既指挥战船，也领导战士。"

"我对这些事一无所知，谢谢你介绍了这么多。"帕西法厄说。她看着面前的战船，眼神中又多了几分敬畏。

"雅典娜胜利"号前站着两个卫兵，他们向透克洛斯敬礼，然后往后退了两步，让他们登船。

他猛地一跳，落在底层桨座的第一个船桨前的空甲板上。他蹲下身，朝帕西法厄伸出手，帮她爬上船。

桨手们看到女孩，又是鼓掌，又是窃窃私语。她现在终于明白为什么透克洛斯坚持让她把披风系在腰上了。

他们从一条狭窄的木舷梯爬上甲板。

---

[1] 1 英尺约等于 0.3 米。
[2] 节（knot），速度计量单位，1 节等于每小时 1 海里。

在他的指挥下,船员们松开绳索。船桨整齐落下,击打着平静的水面。

战船开始向萨拉米斯岛的方向航行。

"小心地跟着我。"他对她说,他们穿过甲板,朝船头走去。

他们到了船头,站在雅典娜木雕像的侧后方。

海风轻拂他们的脸庞,撩动他们的头发。这是一个甜蜜美好的午后,带着一丝夏天的感觉。身边的一切仿佛跟随她的心跳律动,融入了她内心的无限幸福。

她转身看着他,而他直视着前方的萨拉米斯岛。落日余晖像施展魔法一样洒在他的眼睛和额头上。

"哦,天啊,他简直跟阿波罗一样美。"她喃喃自语,欣赏着他的脸和健美的身躯。

3

特米斯托克利——秘密任务

天色渐暗，希腊军营已经燃起火把，数以千计的帐篷外也亮起了小小篝火。军营的帐篷一直从海滩边延伸到帕洛基翁湾[1]西面一座小山的山顶，往东则覆盖了基诺索拉海角[2]的整个海岸线。

雅典舰队停靠在西边，特米斯托克利的大帐篷就在小山上。

他们迈着轻快的步子穿过军营，朝后方走去。他故意比她慢一步，怎么看她也看不够。她的美丽、她流露出的活力深深触动了他，连他自己都感到惊诧。

她突然停住不动，凝视他的双眼。

"非常感谢你！从现在起我要一个人走了，别担心，快步走上一小时就能回到难民营。"

清新的月光照着她的脸庞。

他早已迷失在她迷人的双眸中，不知不觉握住她的手，心跳突然变得急促而强劲。他轻柔地拉着女孩的手，努力想说点什么……

过了一会儿，他总算挤出一个微笑，说："帕西法厄，你在我身边的时候，我觉得自己仿佛沐浴在温暖的金色光芒中，它照进

---

[1] 帕洛基翁湾（Paloukion Bay），位于萨拉米斯岛的东北面，萨拉米斯海军基地所在处。
[2] 基诺索拉海角（Cape Kynosoura），萨拉米斯岛东面的一个小半岛，希腊语意为"狗尾巴"。

了我的心里！我觉得你对我说的第一句话是真的，你的确是太阳的女儿！"

她甜甜地笑着，温柔地抚摸他的掌心，轻声说："你的话很动听，谢谢。"她解开腰间的红披风，递到他手中。

"再见！"

"等一下，"他说，"我还想再见你一面，我有很多话想对你说。明天下午你有空吗？"

"好啊，"她笑着说，"日落时分，我们在一号难民营的门口碰头。"

他站在原地目送她走远，欣赏她美丽撩人的背影，她的眼睛和笑脸一直在他脑海里闪烁。这个女孩太不寻常了，他想。毫无疑问，她身体里藏着一颗太阳，对他产生了巨大的影响力。他并没有意识到，自己已经深深迷恋上了她。

特米斯托克利正在想问题，他靠着地图，手指紧张地敲打面前的空银杯，双眼在火炬的光芒下闪闪发光。

就在这时，卫兵通报说透克洛斯来了。

"让他进来，"特米斯托克利声音如雷，接着又说，"去找西西努斯[1]老师，叫他马上来一趟我的帐篷。"

---

[1] 西西努斯（Sicinnus），波斯人，特米斯托克利的俘虏，流利掌握波斯语和希腊语，是他的家庭教师。

"遵命，将军。"卫兵回复道，跑着退了下去。

透克洛斯走进大帐篷，看见特米斯托克利站在那儿盯着地图，面露疲倦。

特米斯托克利是他父亲的密友，是他的指挥官，也是雅典城乃至整个希腊最受关注的将军和政治家。

尼奥克劳斯·费亚里欧斯的特米斯托克利，四十四岁，来自阿提卡地区的费亚里恩城，那地方在通往苏尼翁城的沿海路上。无论他走到哪里都会引人注目。他是一位伟大的将军，也是雅典的一位重要政治家。

是他说服了雅典人，用拉夫里奥[1]新银矿赚的钱建造了两百艘最快的战船。如今大家都为此感到庆幸。

他的主要政敌亚里斯泰迪斯[2]强烈反对他的主张，认为这笔钱应该分发给城民。在这场激烈的政治辩论中，特米斯托克利获胜，亚里斯泰迪斯被放逐。现在，这两百艘战船给雅典人带来了巨大优势，给整个希腊舰队带来了战胜波斯人的希望。

透克洛斯留意到，将军的大帐篷里有些变化，正中间放了一

---

1 拉夫里奥（Lavrio），希腊阿提卡地区东南部的一个城镇，在古代以银矿而闻名。
2 亚里斯泰迪斯（Aristides，约前530—前468），雅典政治家和将军。因与特米斯托克利的冲突被驱逐出雅典，公元前480年返回参加萨拉米斯战役。

张大桌子，四周有几把新椅子。

帐篷后方的石基座上立着一尊雅典娜的木雕像，女神手持长枪和盾牌。左边的木书架上放着一箱箱莎草纸和羊皮卷，箱子旁边整齐地摆着一排皮面旧书。

"将军，您叫我来完成一项极其重要的任务。"他低声说，眼睛看着特米斯托克利，心里琢磨着这张新木桌。桌上铺着阿提卡地区和萨拉米斯岛的地图，地图上立着一盏空银杯，杯子上刻着一只猫头鹰，它是智慧的象征。

这个符号和将军很相称，他想。到目前为止的事实证明，特米斯托克利的每个决策都是最明智的。

"坐下吧，孩子，"特米斯托克利说，"你了解我对你父亲的情谊和尊重，我对你也是一样的，我完全信任你。现在有一个非常重要的秘密任务，需要你参与其中。

"是否执行这个任务取决于明天战争委员会的最终决定。你可能知道了，联军坚持要在伯罗奔尼撒半岛[1]展开海战，而不是萨拉米斯海峡。这个决定如果没有做好，将会带来灾难性的后果，我们不仅会失去狭长海域的作战优势，还不得不永远抛弃我们的家园。

---

1 伯罗奔尼撒半岛（Peloponnese），希腊南部的一个较大半岛，位于雅典西南方向。

"明天日出后,联军战争委员会会议开始,你也要参加。如果某些参会者态度强硬,委员会最终决定让希腊舰队离开萨拉米斯,你就立即开始执行秘密任务。你准备好战船,护送我的信使西西努斯老师去比雷埃夫斯!"

"我永远服从您的命令,将军。"透克洛斯话音刚落,西西努斯走了进来。

此人身材瘦弱,样子温顺。他是特米斯托克利孩子们的老师,这段时间受到将军的赏识和信任,担任起秘书一职。他有个优点,能说一口流利的波斯语。

他向特米斯托克利敬礼,将军客气地说:"西西努斯,我有一个艰难的任务交给你,需要高度保密。你的波斯语说得非常好,你将作为我的信使向波斯王传递一条秘密消息。

"仔细听好你要做的事。明天一早,你必须做好准备。战争委员会会议结束后,如果透克洛斯去接你,你立刻坐他的战船离开。他会护送你去比雷埃夫斯,然后你独自前往帕勒隆湾[1]见薛西斯,把下面的机密情报传达给他。

"告诉他,你是代表我去的,我发现大多数希腊人不再支持联军,所以决定站在波斯一方。联军害怕波斯舰队的压倒性优势,

---

[1] 帕勒隆湾(Phalerum Bay),雅典东南方向的一座码头,位于比雷埃夫斯东面。

正在整顿船只,准备偷偷从背面的狭窄海路离开萨拉米斯,然后重整旗鼓,在伯罗奔尼撒展开新一轮海战。

"他们这么做的重要依据是一条众所周知的战略规则:海军舰队必须与陆军保持近距离。而在萨拉米斯,这条规则无法满足。如果薛西斯想把他们一网打尽,必须立刻包围萨拉米斯背面的狭窄海路,防止他们逃走。"

西西努斯看着特米斯托克利的眼睛,全神贯注听他说话。将军的双眼在火炬光芒下闪闪发光,充满澎湃的激情。

"你们俩一定要准备妥当,"他继续说,"这次任务能否成功,关键在于绝对保密。除了我们三个,绝不能让其他任何人知道。明白了吗?"将军问道,直直盯着两人的眼睛。

"明白了,将军!"两人齐声回答。

离开之前,透克洛斯来到特米斯托克利身边,悄悄问:"将军,我有一个请求。如果明天确实需要护送西西努斯去比雷埃夫斯,能否请您允许我在厄琉息斯城[1]停靠一会儿?我想拜访圣师科里顿,他是我父亲的朋友。"他又补充说,"我在那里停留不会超过两小时。"

"哦,我见过科里顿,是你父亲介绍的。"他微笑着说,"我记

---

[1] 厄琉息斯城(Eleusis),距离雅典西北约 21 公里,临海,南面即是萨拉米斯岛,是古希腊时期著名的厄琉息斯秘仪会所在地。

得有一次我们骑马去厄琉息斯城看他,他住在德墨忒尔神庙,我在那儿第一次见到了他。他请我们喝神庙的酒,味道美极了。你父亲只喝了半杯,我记得我喝得有点多。那是厄琉息斯城专门为神庙酿造的美酒,是献给女神德墨忒尔的贡品。

"'我没有太多东西招待你们。'圣师科里顿见到我们时说。

"他看到你父亲非常高兴,用拥抱欢迎我们俩,带我们来到神庙后面的小屋子,那是他住的地方。他和拉俄墨冬抬了一张桌子到小庭院,从自己的小花园里摘了一个大番茄和一根黄瓜,又从神庙里取出一个银质双耳瓶,说里面盛着'女神的酒'。

"红宝石一样的酒流入杯中,我们高高举杯,他说:'以德墨忒尔和珀耳塞福涅之名,以友爱、和平和神光之名,欢迎你们!'

"酒的味道美极了,我们的交谈也很愉快,至少一开始是的,后来科里顿和你父亲开始讨论一些我不大懂的事情。我一点也不在意,因为美酒已经让我开心得合不拢嘴。"特米斯托克利笑着说。

"我们离开前,科里顿热情地邀请我参加秘仪会,获得第一等级[1]。我向他表示感谢,接受了他的邀请,告诉他我会计划一下。遗憾的是,那之后我的生活变得越来越繁复,我承担了太多政治

---

[1] 厄琉息斯秘仪会内部分三个等级,初入会的成员属于第一等级,第三等级为最高级别。

和军事上的职责,实在忙不过来,这件事只得不了了之。

"科里顿是一位伟大的导师,学识渊博,富有智慧。我同意,孩子,你去吧!"

"非常感谢您,将军,真的非常感谢您的准许。"

"你也想加入厄琉息斯秘仪会,就像你父亲那样,对吧?"特米斯托克利看着他的眼睛问道。

"没错,将军!加入秘仪会是我和父亲共同的心愿。我希望战争结束后,我能成功加入。"

特米斯托克利笑了,友好地拍了拍他的肩膀。

"你肯定会成功的。知识就是力量,而认识自己是通向智慧的大门!"他朝门口歪了歪脑袋,示意他们可以离开。

他们走出帐篷,到处都燃着篝火,空气里有股木头烧焦的气味。又是一个宁静美好的夜晚,但血腥战斗的噩梦很快就要降临。人生有甜蜜,也有痛苦,透克洛斯一边想,一边朝老师点点头,叫他跟上。

他们迅速下山,来到港口右边,雅典舰队停靠在这里。

他们经过第一道守卫,继续往右走,来到另一个更小的港口跟前,这是"雅典娜胜利"号和另外十九艘战船的停泊港。

"老师,这是我的战船。你做好准备,明天一早过来,我会通知卫兵给你放行。不管怎样,准备好跟我一起渡过海峡。如果最后没这个必要,你就回自己的帐篷。好了,你可以走了。"

"遵命，指挥官。"西西努斯说，转身朝军营方向走去，身影消失在黑暗中。

透克洛斯沿码头走了几步，检查战船，然后来到卫兵身边，下达具体的指示，命令他们跟早班卫兵做好交接。

4

又见帕西法厄

一轮满月高挂空中，凉爽的微风轻抚他的脸颊。有个名字卡在他的喉咙，拼命想要挣脱出来，一刻也等不了。这个名字扼住了他的呼吸和心跳，终于从他的唇间迸发而出……"帕西法厄！"……他喊道。

他又望了望月亮，深呼吸，闭上眼，脑海中又浮现出她的模样。

突然，他的胸中仿佛发生了剧烈爆炸，千万团火焰蔓延到身体的每个角落，点燃了疯狂的喜悦，点燃了蠢蠢欲动的想法——现在立刻去见她！

战争迫在眉睫，时间像宝贵的阳光和雨露，滋润了他心中爱的种子，萌发出一朵美丽的花。

他不再犹豫，加快脚步往西面的马厩走去。又能见到她了，她一定会大吃一惊，光是想想这个场景，他的心就跳得飞快。

他问马倌要一匹马。几分钟后，马倌牵出一匹上好鞍的红棕色骏马，把缰绳递给他。

"它叫什么名字？"透克洛斯问。

"阿斯提尔[1]，指挥官。"士兵回答道。

他一跃跳上马背，骑着阿斯提尔穿过夜色，朝一号难民营的方向飞驰而去。

---

[1] 阿斯提尔（Astir），在古希腊语中意思为"星星"。

啊，爱神，你是诗意、疯狂、激情和迷幻的化身，连众神都难逃你的箭矢。在希腊美好而甜蜜的九月，一个俊美如阿波罗的年轻人沉醉在你的仙酿中，怀着满腔爱意，驾着一颗星星飞驰，奔向太阳的女儿！

不一会儿，他到了，眼前是萨拉米斯岛的一号难民营。许多雅典人抛下了一切，携家带口慌忙逃来这里。他很快到了门口，这是他们约好第二天见面的地方。

他抬头望向天空，此刻还没到午夜，一阵近乎疯狂的激动向他袭来。他像在战场上那样下马，只有最出色的骑兵才能完美地做出这个高难度动作。据说它是战场上的救命法宝，只有用这种方式下马，骑兵们才不至于背对敌人。

他伸直左腿，使劲一踢，左腿从阿斯提尔的头顶划过，身子猛地转向右边，右腿松开。他背贴着马身滑下来，"砰"一声双脚落地站稳。

他把马拴在大门边上，走进难民营。四周一片寂静。二三十米外，有个老人坐在木栅栏上。他走过去，客气地询问："晚上好！我是雅典军官，想向您打听一件事。"

"孩子，你想问什么？"老人回复道。

"您可知道一个斯巴达女孩的住处？她大概二十到二十二岁，长黑发，衣服有点……嗯……可以说有点暴露。"

"哦，知道，知道，"老人说，"我不清楚那个女孩的名字，但我确定她是个麻烦鬼。"

"麻烦鬼？"透克洛斯疑惑地重复道。

"对啊！照顾她的那家人今天找了她一整天，哪儿也找不到。她从早上就消失得无影无踪，到深夜才回来，他们又吵成一团。她住在那边。"老人说着指向将近一百米外一间简陋的木屋。

透克洛斯向他道谢，朝木屋走去。

屋里一片漆黑。现在怎么办？如果大声叫唤，一屋子人都会醒！

"先绕房子走一圈吧。"他想。

他朝门口右边走，绕到房子侧面，看见两扇窗户半开着，里面依旧一片漆黑。他们睡着了，他想。他既紧张又急切，继续往前走。

他绕到房子后面，院子变得宽敞了一点，面前又出现了一扇窗户。他走上前，脸上渐渐露出期盼的微笑，一丝微弱的灯光从里面透出来。

他紧张得浑身颤抖，走到半开的窗前往里看。

帕西法厄躺在一张小小的单人床上，赤裸着身子，正在微光下看书。

他的心简直要碎了！他睁大眼睛，想要看个清楚。

她的脸上散发着光芒，眼眸明亮，双唇动人。他的视线滑过她修长的脖颈，滑过紧致的肩膀和胸脯。

他的目光顺着她的身体往下滑,看到了她的肚子,然后看到了床上的两条美腿,腿上摊开放着她正在读的莎草纸。

他决定开口,小心翼翼地喊道:"帕西法厄……帕西法厄。"

她猛地跳下床,一丝不挂地站着,望向窗外。

他瞪大了眼睛,此刻她身上的每一分、每一寸美妙都被他收入眼底。

"谁?"她问,双手迅速抓起短袍遮在身前。

"是我,透克洛斯!"

"哦,天啊,透克洛斯,你吓死我了。"她轻声说,然后深吸一口气,继续道:"不过坦白说,我喜欢这个惊喜。没想到你晚上会来这里找我,没想到这么快就能再见到你。"

她微微一笑,慢慢穿上短袍,又给了他一个机会欣赏她性感迷人的身材。

她轻手轻脚走出木屋,小心地掩上门,朝他跑去。

"要不要去海边散步?"她轻声提议道。

他笑了笑,点头同意。

两人肩并肩走了十分钟,来到一个小海湾。

他们站在海湾口,眺望大海。他转向她,满月照亮了她美丽的脸庞。啊,太神奇了,她浑身上下都在闪闪发光,仿佛有一道专属于她的光,魔法般笼罩着她的身体。

"帕西法厄,太阳的女儿!"他在她耳边低语。

她转过身，狡黠地看着他，笑道："你是不是想说狄俄尼索斯[1]的女儿？爱惹麻烦、爱干坏事的女儿？"

"哈哈，"透克洛斯放声大笑，"是啊，是啊，我在找你的时候问过一位老人，他说你是个麻烦鬼。"他打趣地看着她，接着说："难道你还爱干坏事？"

"哦，没错，我就是爱干坏事的女儿。"她骄傲地说，笑着从肩头解开短袍，让它滑落到脚边。她又一丝不挂地站在他面前，眼神中闪烁着诱惑，盯着他看了一会儿，然后转身跑向大海，边跑边说："月色这么美好，不游泳可惜了。"

她朝海里走去，身后留下了汹涌的爱潮。这股炽烈的浪潮向透克洛斯袭来，以前所未有的冲击力唤醒了最幽深的激情，像一团烈火，像一声召唤，令他无力抵抗。

她到了海里，月光在海面投下一条明亮的小道，她在小道的尽头。他也迅速脱掉了衣服，心简直要从胸膛跳出来了。

他一动不动站在那儿，看着她沐浴在神奇的柔光中。金色月光惬意地洒在他俊美健壮的身体上。

他一头钻进海里，很快出现在她面前。他们看着彼此的眼睛，

---

[1] 狄俄尼索斯（Dionysus），希腊神话中的酒神，植物、繁殖和欢乐之神，古希腊时期供奉他的神庙遍及希腊各地。狄俄尼索斯崇拜仪式的参与者基本都是女性，她们在仪式中常身披兽皮、头戴花冠，在野外酗酒、狂欢。

陷入痴迷。他把她紧紧揽入怀里,她用双臂环抱住他的身体。

　　眼睛里闪烁着光芒,嘴唇在长吻中交融,身体在爱意中颤抖,两颗心紧紧相连,渴求着难以满足的激情,沉醉于拯救灵魂的欢愉。

　　千百年来,"永恒的生命之美"激发了无数诗人的灵感,此时此刻,它在这片海滩上得到了完美诠释。星辰是这美妙时刻的见证者!透克洛斯和帕西法厄,一对永恒的爱人,沉浸在水晶般清澈的爱琴海中,沐浴在月光下,他们仿佛是神的化身,离开了神殿,悄悄降临世间,来到这里私会。

　　他一直紧紧搂着她,一只手轻柔地抚摸她的脸,双眼深情地看着她。他就这样凝视她,一颗心跳动着浓烈的爱意。

　　他低头靠近她的嘴唇,想再次亲吻她,她也把脸凑过来。他们的唇贴在了一起,她突然咬了一下他的下嘴唇。

　　太出乎意料了!他抬起头,盯着她。她笑着说:"你忘了吗?我跟你说过,我是爱干坏事的女儿。"

　　两人放声大笑。他猛地抓住她,强壮有力的手臂一把将她举起,抱着她从海水中走出来。

　　到了放衣服的地方,他轻轻放下她,拿起自己的红披风,仔细擦拭她的身体。脖颈,胸脯,肚子,大腿,一直往下到脚,他又一次欣赏了她的每一丝美好。

　　他让她转过身,托起她湿漉漉的长发,小心擦干她的后背和腰臀。

她慢慢穿上短袍,眼神一刻也不离开他。

她目不转睛地盯着他健壮的身体,看他擦掉身上的水,目光抚过他身体的每一个角落。他们都穿好了衣服,肩并肩躺在沙滩上,望向清明的夜空。九月底的夜晚依旧温暖。

他们安静地躺着,脸上还留有兴奋。

"心灵永远渴望着一道光,当它终于被这道光照亮时,是多么快乐啊。和你在一起,我感觉自己抵达了内心深处,感受到了自己的灵魂。"他先打破了沉默。

"你说得没错,我也有同感。有人听从自己的内心、相信自己的内心,我就属于这类人,所以我才会和你坠入爱河,尽管我和你认识没多长时间。"

他笑了。

"可是,时间真的存在吗?蕴含真理和感知的瞬间是永恒的,而所有的永恒只不过是瞬间。一切即一,一切皆爱。万物皆有联系,但人们想要认清这一点,必须先睁开他们的心灵之眼。要知道,我刚刚告诉你的真理绝不仅仅是空话,每当我像现在这样心明神澈的时候,我都能在内心深处感受到它,我觉得自己就是它的一部分。"

"我太喜欢你这段富含深意的话了,难得能从战士的嘴里听到。我在斯巴达有位老师,他智慧过人,我爱听他谈论生命的秘密和伟大。我也爱听你说，透克洛斯，请继续。"她说。

"我六岁时，母亲病逝。我在父亲身边长大，十年前他不幸战死沙场。我从父亲那里学到了许多关乎生死的真理，它们隐秘又通透。我父亲加入了厄琉息斯秘仪会，这场战争结束后，我也想加入。"

"厄琉息斯秘仪会！我听说过他们，光是听他们讲话都让人心生敬畏。"她说，"接着说，我认真听着呢。"

"我十二岁时，父亲带我去伊米托斯山[1]，就在雅典城外。我们在山上搭起帐篷，待了二十一天，只有我们两个人。他决定在那段时间里向我传授一些秘仪真理。那些日子，还有今天，都是我人生中最美好的时光。"他说完看向她，露出了灿烂的笑容。

她的眼神和心神全都在他身上。她也热衷于学习秘仪真理，一直以来满怀热情地探寻着，可惜熟悉的书籍里并没有这些知识。她最近在读荷马[2]的《奥德赛》，这本书里也不大可能有隐秘而伟大的生死真理吧。

"在那二十一天里，父亲教给了我很多，"他继续说道，"他常常说，这些都是人生功课，和自我管理有关。当时的我并未参透

---

1 伊米托斯山（Mount Hymettus），希腊阿提卡地区临近雅典的一座山脉，最高海拔 1026 米，隶属比雷埃夫斯。
2 荷马（Homer），传说中活跃于古希腊时期的吟游诗人，被认为是长篇史诗《伊利亚特》（*Iliad*）和《奥德赛》（*Odyssey*）的作者，两部史诗统称为《荷马史诗》。

他传授的许多秘仪真理,幸好我把他说的大部分知识都记了下来,直到现在还反复查阅。

"一开始我觉得很奇怪,我迫不及待地想听他讲授隐秘的秘仪真理,他却尽说些琐碎小事,全都是日常生活中必不可少的环节。他说,我们应该一丝不苟地完成每一个环节。起床,睡觉,学习,训练,吃饭,洗漱,每件事都有固定的时间,甚至连帐篷里物品的摆放位置都应该安排得井井有条。

"他是一名军人,我以为他如此强调秩序和自律,是因为他习惯用军人的风格行事。好多年后我才意识到,做好这些微不足道的小事,正是磨炼品性、修养自身的必经之路。"

"好吧,自律什么的,我们斯巴达人从小就学会了!"她说,"整个斯巴达社会和家庭的结构都建立在自律之上,建立在坚持不懈的磨炼之上。"

"我知道,"他回应道,"城邦拥有这样的基础太好了。如果一个人既自律,又渴望知识,渴望精神的成长,就像你一样,帕西法厄,那这个人一定会成为一位智者。"

"看来你叫这个名字完全不是偶然,"他笑着继续说,"帕西法厄是神话中太阳神的女儿[1],很明显,这个名字是一个标志,为你

---

[1] 希腊神话中,太阳神赫利俄斯(Helios)的女儿名为帕西法厄(Pasiphae),是克里特国王米诺斯(Minos)的妻子。

引路，为你指明人生的意义和命运。作为帕西法厄，你必须证明自己确实是太阳的女儿！我将是第一个见证人。"他朝她点点头。

他站起来，沿着小海湾旁的小路往回走。他记得在附近看到过一丛盛开的野玫瑰。

没错，玫瑰丛就在路边几米开外。他走过去，小心翼翼地摘下三朵大大的白玫瑰。他开心极了，跑回她身边，单膝跪地，然后从腰带上取下短剑，削去花刺，轻轻把白玫瑰插进她的发间，仿佛给她戴上了一顶皇冠。

"太阳的女儿。"他笑着说，向她鞠了一躬。月光下，她那双美丽的大眼睛闪闪发光，让他看得入了迷。她头上戴着大大的白玫瑰，那样子确实像太阳神的女儿。

"我从心底感谢你的尊重、喜爱和欣赏。"她微笑道，温柔地看着他。"这个高贵的男人头脑睿智，灵魂明澈，我爱这样的人。"她满心欢喜地想。

"我们生活的世界充斥着恶意、自私、冷漠、恐惧和麻木，"透克洛斯继续说道，"我们肩负重要使命，那就是成为照亮世界的光！这不仅是每个人的起点，也是每个人的终点。让我们成为燃烧的灯火，战胜黑暗！哪怕只是一盏灯火，也足以驱散它周围的黑暗！

"不过，想要成为光，必须先学会真实而真诚地生活，我们的思想和人格要听从内心不朽的灵魂。我们每个人都是当代的奥德修斯[1]，必须回到自己的伊萨卡，自己的王国，自己的家园……"

"啊！"她突然打断他，"你说的正是我现在读的书，荷马的《奥德赛》。我刚看到一半，很遗憾，还没发现你跟我说的这些秘仪真理。"

"荷马的《奥德赛》象征人一生中的灵魂之旅，"他说，"只要能挖掘出其中的象征意义，你会发现它是一本富含秘仪真理的深刻作品。"

她睁大眼睛默默看着他，不愿打断他的话，全神贯注地听他讲。看来人们说得没错，秘仪会的知识非常隐秘。她正在读一本秘仪之书，却连自己都没意识到这一点。

"奥德修斯是人格，是自我，而珀涅罗珀[2]是灵魂。"他继续道，"返回故乡伊萨卡的旅程象征人生之旅，途中历尽艰难，遭遇各种妖魔鬼怪设下的无数圈套，他们千方百计想让他忘掉伊萨卡，忘掉他的归宿。他的归宿只有一个——与他的灵魂珀涅罗珀团聚。

---

[1] 奥德修斯（Odysseus），荷马史诗《奥德赛》的主人公，伊萨卡（Ithaca）国王。特洛伊战争中，奥德修斯设计著名的木马计，帮助希腊军攻陷特洛伊。战争结束后历经十年漂泊，终于回到故国，与妻子重聚。
[2] 珀涅罗珀（Penelope），英雄奥德修斯的妻子，对奥德修斯忠贞不二。特洛伊战争的十年间，用妙计应付不依不饶的求婚者，直到奥德修斯平安归来。

"海妖塞壬[1]、卡吕普索[2]、女巫喀耳刻[3]代表人生中的挑战,每个人都应该面对挑战,战胜磨难,每一场胜利都是对秘仪真理的领悟。"

"哦,天啊,"帕西法厄感叹道,脸上洋溢着兴奋的光芒,"多么精彩的诠释啊!经过你的解读,一切都有了新的内涵。我终于明白奥德修斯为什么会永不停歇地漂泊了。"

"请接着说。"她紧盯着他,不想漏掉一丝细节。

"我刚才说过,你正在读的这本书是开启秘仪奥秘的一把钥匙。"透克洛斯说,"我们希望延长生命的旅程,目的地永远是伊萨卡,它象征着灵魂的圣殿。生命的旅程开始,随之而来的是无尽的漂泊和危难,但也有许许多多的收获。旅人只有认识自我、坚守美德,才能识破圈套,战胜困难。

"海妖塞壬的歌声无比甜美,但极具杀伤力,旅人会在歌声中

---

[1] 海妖塞壬(Siren),希腊神话中的危险海妖。《奥德赛》中,海妖塞壬用天籁般的歌声引诱过往船只触礁。奥德修斯让水手提前堵住耳朵,把自己捆在桅杆上,得以安全通过。
[2] 卡吕普索(Calypso),希腊神话中的海之女神。《奥德赛》中,卡吕普索将奥德修斯困在她的岛上,长达七年。
[3] 女巫喀耳刻(Witch Circe),希腊神话中住在埃埃亚岛上的一位令人畏惧的女巫。《奥德赛》中,喀耳刻引诱奥德修斯的水手们吃下食物,并把他们全部变成动物。奥德修斯根据信使赫尔墨斯的建议,用草药击败喀耳刻,迫使其释放了被囚禁的水手。

迷失自我。歌声象征人类冲动的激情、无度的欲望和邪恶的本能。荷马告诉我们如何战胜塞壬这样的怪物。

"奥德修斯让同伴把他绑在船的主桅杆上。船代表自我和人格，绑在正中间的桅杆上意味着他将不惜一切代价守住本心，维护美德，捍卫原则。这是从塞壬编织的魔网中逃脱的唯一方法。

"接下来，奥德修斯遇到了狡猾的女巫喀耳刻，她象征物质与金钱。无论是谁，只要受到女巫引诱，被她的魔杖触碰，都会变成猪。那些经不住女巫喀耳刻（物质）诱惑的人，精神上屈服于她，不仅成了她的奴隶，还变成了猪猡。看看周围的人吧，恐怕会发现许多女巫的奴隶。"透克洛斯说，微笑看着她。

"是的，是的，你说得很对。如果灵魂受到物质和金钱的奴役，人就会迷失自我。在这个问题上，我表现得还不错。"她说，指了指自己的手腕，又摸了摸空荡荡的脖子，她没有佩戴任何珠宝首饰。

"斯巴达人不会向喀耳刻（物质）屈服。"她说，笑容里带着一丝骄傲。

"你刚刚说的正是秘仪真理，这是你的伟大胜利，帕西法厄！物质是由精神创造和塑造的，精神决不能成为物质的奴隶。物质里住着一个狡猾的魔鬼女巫，有人受她引诱，有人主动臣服。很不幸，物质俘获了许多灵魂奴隶。

"所以，祝贺你，你像奥德修斯一样，也把自己牢牢拴在了主桅杆上，女巫没能诱惑到你。"

"很高兴听你这么说，"她说，"领悟了如此宝贵的秘仪真理，赢得了如此伟大的胜利，真叫人开心！"

透克洛斯继续说："在《奥德赛》整本书中，奥德修斯（自我）经历着内心的觉醒。我们每个人都必须记住我们的归宿，我们的珀涅罗珀（灵魂），我们的伊萨卡。

"船的桅杆应该成为人生的桅杆，它是我们的本心。在博爱、光明、正义和自由的引导下，我们将永远忠于真理、美德和原则！"

她盯着他，眼里闪烁着兴趣和快乐，脸上写满了仰慕和无限的爱意！

"透克洛斯，非常感谢你和我分享这一切。"她说，伸手轻轻抚摸他的脸。

他的心剧烈跳动，强壮的手臂环抱住她，两人的呼吸变得急促而炽热。

天空落下，与大地亲密相拥。天空的云朵抚摸大地，大地的土石在天空的抚摸下颤抖，沉溺在绵绵的爱河之中。大地朝天空微微仰起，在翻云覆雨的舞蹈中完成最神圣的交融！男人和女人的能量在星辰下相拥起舞。

天空雷声滚滚，下起了雨，雨水浸透干涸的大地，滋润直抵最深处。

他们紧紧抱在一起,似乎想要阻止时间的脚步,呼吸还是那样急促。"真希望这个夜晚永不结束。"她轻声说。

他没有作声,而是用一个吻回应了她。东边出现了第一缕晨光,天空渐渐亮起来。

"时间像闪电一样转瞬即逝。"他想。

"我得回去了。"他对她说,努力挤出一丝微笑。

他们站起来,默默拍了拍衣服,朝难民营走去。快到难民营时,他抱紧她,亲吻她,说:"帕西法厄,如果一切顺利,明天日落前我会来找你。"

"我在大门口等你。"她回答,手指轻柔地抚过他的双唇。

5

战争委员会

9月21日清晨，天亮得很快。东北方的天空中浓烟滚滚。整个希腊军营里弥漫着紧张忙碌的气息。他在小帐篷外洗漱干净，更换短袍，把父亲的腰带紧紧绑在腰间，随后向军营卫兵跑去。

"那边的浓烟是怎么回事？"他问面前的两个卫兵。

"指挥官，午夜过后有个信使带来了坏消息。波斯人烧了雅典城，杀了所有留在那儿的人。"其中一个卫兵说。

他愣了一会儿，想到那座美丽的城邦，那座融合了智慧、民主、自由和艺术的辉煌之城，如今却任凭波斯人摆布，被无情的烈火吞噬。

他的脑海中浮现出毁灭和荒凉的画面。波斯人什么都不会放过，他们会将一切焚烧、摧毁。

雅典卫城[1]，华丽的神殿，图书馆，大学，市集[2]，雕像。想到这些，他心头一紧，尽管他明白该发生的终究会发生。

他为死在那里的人感到万分悲痛，他们不相信特米斯托克利的话，没有撤离。

厄菲阿尔忒斯背叛后，波斯军击败斯巴达三百勇士，穿过温

---

1 雅典卫城（Acropolis），位于雅典中心的卫城山丘上，是一座古老要塞，包含帕特农神庙等众多古建筑，具有极高的建筑和历史价值。
2 市集（Agora），现称为古市集（Ancient Agora），位于卫城北面，是市民进行商业活动、举行集会的公共场所。市集内坐落着众多古建筑，是雅典城的遗迹核心之一。

泉关。特米斯托克利立即命令所有人撤离雅典，薛西斯的军队力量强大，一旦展开陆战，希腊人绝没有防御的可能。

德尔斐神庙[1]的神谕说，只有木墙才能救雅典。特米斯托克利把"木墙"解释为木造的战船，利用神谕劝说雅典人，海战才是他们获救的唯一希望。

可是很多人无法接受这个艰难的决定，他们不愿抛下自己努力一辈子所创造的一切。

当时有人说，特米斯托克利曲解了神谕，皮提亚[2]提到的"木墙"，其实是指在雅典卫城四周修建一圈木墙。只要建好木墙，雅典娜和阿波罗就会保护他们。

不幸的是，建好的木墙并没能保护他们，那些留下的人都惨死在波斯人的刀剑下。

透克洛斯攥紧拳头，转身朝右边的小山跑去，特米斯托克利的大帐篷在那里。

帐篷外的卫兵认出了他，急忙去通报，他很快进到了里面。帐篷里的光线还很昏暗。

1　德尔斐神庙（Delphi），位于福基斯地区的一处圣地，供奉十二主神之一的阿波罗神。古希腊时期，人们相信德尔斐神庙的女祭司传达着阿波罗的神谕，帮助凡人预知未来。
2　皮提亚（Pythia），古希腊德尔斐神庙中侍奉阿波罗神的女祭司，负责传达阿波罗的神谕。

特米斯托克利正在向两个秘书官下达命令。大木桌四周整整齐齐摆了一圈椅子,桌上有五个雕刻精致的银质双耳瓶,瓶中盛满清水,每把椅子前放着一盏银杯。

"我来了,将军。"透克洛斯说着,看向特米斯托克利。将军的样子十分疲惫。

"很高兴你提前来了,孩子,我有些事想跟你单独谈谈。"特米斯托克利说着指向一把椅子,"首先,这是你在战争委员会的位子,紧挨着我的秘书官亚里斯托狄刻斯!"

接着他走到透克洛斯跟前,握住他的肩膀,低声说:"亲爱的孩子,我看出你是个难得的年轻人,有许多优点。你品行端正,善良又聪明,拥有超越年龄的知识和智慧。

"不知你听说没有,我们的城邦沦陷了。波斯人放火烧城,一切都化为了灰烬。但是,你心里非常清楚,雅典城不只是神庙、街道和建筑,雅典城也是我们,所有自由的城民!

"我们希望在萨拉米斯海峡进行海战,而雅典城毁灭的噩耗一定会成为重大阻碍。我们必须竭尽全力达成海战协议,否则整个希腊将万劫不复。希腊联盟十分脆弱,每个成员都只想拯救自己的城邦。

"你不是城邦领导,但负责执行海战计划,我会让你作为我的副手发言。孩子,发言时一定要有理有据,以你的能力促成我们期望的协议。"

透克洛斯听得认真，满怀敬意地望着特米斯托克利。他赞同将军说的每句话，衷心感谢将军对他的莫大信任，表示绝不会让将军失望。

会议即将开始，联盟将领们在军事卫队的护送下一一到来。

斯巴达的欧里拜德斯第一个登场。他一副大首领的气派，带着标志性的傲慢，说："关于海战到底在什么地方打，今天我必须向整个希腊舰队下达最终命令。希望每个成员尊重少数服从多数的民主原则，包括你，特米斯托克利！"

"早上好！"特米斯托克利的声音洪亮如雷，"天啊，你们斯巴达人道早安的方式真是与众不同啊。"他的语气透着一丝嘲讽。

欧里拜德斯是个典型的军人，拥有斯巴达将军的勇气、力量和坚韧，却不讲究礼仪，也没有出众的政治思想和聪明才智。不过，既然被任命为整个希腊舰队的总司令官，他才不满足于只挂个头衔，他要让所有人知道谁才是真正的首领。

他在秘书官的带领下走到自己的座位上。至少他们安排他坐在桌子正中间，他一边想，一边瞪着特米斯托克利。

他正准备反驳，科林斯[1]的将军阿德曼托斯进来了，后面跟着

---

1 科林斯（Corinth），希腊历史名城之一，地处交通要道，位于伯罗奔尼撒半岛的科林斯地峡上，距离雅典78公里，是古希腊时期最强大的城邦之一。

墨伽拉¹、埃伊纳岛和伯罗奔尼撒半岛的将军们。

不一会儿，大桌子四周的椅子全都坐满了。

透克洛斯静静观察联盟将领们，所有人都阴沉着脸，看起来很紧张。他有种强烈的预感，想让委员会达成一致将会非常艰难。

秘书官忙着给每个人的杯子倒上清水。

总指挥官欧里拜德斯重重拍了一下厚重的木桌，所有人立即安静下来。

他首先发言，说："希腊联军的成员们，今天，为了大家的共同利益，我们必须在抵御波斯军的计划上达成一致。我们要一起决策，一起执行，守住那些尚未沦陷的希腊城邦，成败完全取决于这个计划。

"许多希腊同胞死在了波斯人的刀剑下。北方城邦全都化为灰烬，城民有的惨遭屠杀，有的被卖作奴隶。

"温泉关失守，我们的国王列奥尼达带领三百勇士，誓死守关，无愧于我家乡斯巴达的荣光。他们绝不会白白牺牲，他们向每一个战斗的希腊人传递了明确的讯息：现在别无选择了，要么胜利，要么死亡。

"我们今天的决定事关重大。我个人认为，希腊舰队应该迅速

---

1 墨伽拉（Megara），希腊阿提卡西南部的一座古城，位于雅典西北方向42公里的海岸线上，与萨拉米斯岛隔海相望。

前往科林斯附近的地峡[1],阻止薛西斯侵占伯罗奔尼撒半岛上的自由城邦。烧了的已经烧了,死了的已经死了,雅典也不幸成了牺牲品,毁于一旦,这些都是无法改变的事实。既然雅典沦陷了,在萨拉米斯进行海战已经没有任何意义。我们必须挽救伯罗奔尼撒的城邦,趁还来得及,立刻向地峡转移。"

短暂的沉默后,墨伽拉的将军用力推开椅子站起来,没有征得同意就气冲冲地发言道:"欧里拜德斯将军,你被任命为希腊联盟的总指挥官,我表示尊重,但是我完全不同意你的看法。墨伽拉和阿提卡地区的其他城邦怎么办?难道我们不存在吗?就因为斯巴达在南方,你打算牺牲我们?

"我们的自由跟希腊任何城邦的自由一样重要,而你似乎根本不在意。总之,你这个主张很无礼,我反对。我们应该留在萨拉米斯,这里才是解放希腊的起点!"

埃伊纳岛的将军嚷道:"我赞成!埃伊纳岛还是自由的,岛上有许多雅典难民。海战应该在萨拉米斯海峡打。"

"对,对,我同意。"萨拉米斯的将领也站起来大声喊。

就这样,三个人一起嚷嚷起来。欧里拜德斯狠狠拍了一下桌子,厉声吼道:"安静!不准在会议上随便讲话!谁想发言必须先

---

[1] 指科林斯地峡,位于希腊南部,是将希腊大陆和伯罗奔尼撒半岛隔开的狭窄地峡。地峡海拔约90米,地势险要,相对狭窄。

征得同意，别人发言时，其他人不得打断！"

科林斯的将军阿德曼托斯发言道："薛西斯拿下了雅典，绝不会就此止步于阿提卡，只要懂军事的人都明白这一点。我们当然不愿牺牲任何一座希腊城邦，但也不能感情用事。"

这时，特米斯托克利从椅子上跳起来，大吼道："牵扯到城民的生死安危，我们不得不感情用事。假如科林斯处在墨伽拉或者萨拉米斯的位置，你还能说出同样的话吗？"

阿德曼托斯抬高了嗓门："不准打断我的话，你刚刚听到了委员会的规矩！"欧里拜德斯也大声呵斥特米斯托克利，透克洛斯看在眼里，感到难受。

"我们必须拯救希腊，"科林斯人继续说，"我们必须打败波斯人。届时，不管是将失守还是已失守的城邦，甚至是雅典，都会获得重生！我们应该集中军力，整个舰队立刻前往科林斯地峡！那里有陆军驻扎，可以很好地支援海军。"

"我算明白了！"特米斯托克利打断他，愤怒地吼道，"你这么说，好像问题是平白无故出现似的。当初说好结成希腊联军，你却只维护自己的利益，后来阿卡狄亚人[1]、西库昂人[2]和拉西达摩

1　阿卡狄亚人（Arcadian），居住在伯罗奔尼撒半岛中部高地区域的希腊人。
2　西库昂人（Sikyonite），西库昂城邦的居民。该城邦位于伯罗奔尼撒半岛北部，距离科林斯较近。

尼安人也跟着你学。你修长城[1]保护科林斯,你毁掉斯基罗尼达[2]通向山坡的狭窄通道,好让波斯军无法进入科林斯。真可笑!薛西斯的军队只花几天时间便在赫勒斯庞特[3]建起桥梁,你以为毁了斯基罗尼达的通道就能拦住他!"

"住嘴,收起你的傲慢!"阿德曼托斯大声喊,欧里拜德斯也跟着嚷起来。

他们威胁说,如果特米斯托克利再吵吵嚷嚷、打断别人,就剥夺他的发言权。

欧里拜德斯冲他吼道:"特米斯托克利,赛跑时抢跑的人会挨鞭子抽!"

特米斯托克利回击道:"是啊,可是慢吞吞的人得不到奖牌!"

欧里拜德斯严厉地瞪着特米斯托克利,再次把发言权交给科林斯人。

阿德曼托斯显然有些恼怒,继续说:"无论过去还是将来,所有海战都要按规矩来打,舰队和陆军必须尽可能靠近。想想最近

---

[1] 长城,指科林斯长城,位于科林斯城北部的科林斯地峡之上,长约1.6公里,作为防御型工程守卫通往伯罗奔尼撒半岛的唯一通路。
[2] 斯基罗尼达(Skironida),卡基亚斯卡拉(Kakia Skala)的古名,该地区位于雅典通向科林斯的必经之路上,地势险要,多为险崖。
[3] 赫勒斯庞特(Hellespont),达达尼尔海峡的古名,位于土耳其西北部,长约60公里,宽约1.6至6.4公里,连通希腊爱琴海和马尔马拉海,将加里波利半岛与土耳其主陆隔开。

那次战役吧,温泉关之战!希腊舰队是不是离得很近?我们是不是在阿尔忒弥西奥¹展开海战?

"温泉关战败后,舰队才撤离。舰队和陆军是紧密相连的力量,不然打不了胜仗。而这里没有陆军!不仅没有陆军,连雅典城都没了!"

"雅典还在!"特米斯托克利喊道,浑厚的声音强而有力。

"将军,我请求发言。"透克洛斯高声说,恳切地盯着欧里拜德斯,压住了他的怒火。"说吧。"斯巴达将军回答,狠狠瞪着特米斯托克利。

透克洛斯站起来,说:"先生们,我负责执行雅典战舰的海战计划,现在由我发言。我是这里最小的一个,恕我冒昧,请各位首领好好说话。面对波斯军的威胁,大家都急于找到合适的办法,感到紧张和焦虑可以理解,但办法永远只有一个,那就是团结一致,万众一心!

"恳请各位认真考虑一下吧,让我们保持团结。每个希腊人的生命都同等重要,特米斯托克利将军的计划造福于整个希腊,不排斥任何人,不谋取私利。这地方对我们来说具有地理优势。出于这些原因,请各位像兄弟手足一样思考,真心诚意地帮助尚未

---

1 阿尔忒弥西奥(Artemisio),位于希腊第二大岛优卑亚岛北部的一个村落,北面为阿尔忒弥西奥海峡。

沦陷的城邦,选择在萨拉米斯进行海战。"

"别插手,年轻人,"科林斯人喊道,"你的首领在这儿跟我们讲团结,却根本不尊重人。不管他怎么大吼大叫,都无法改变众所周知的事实!雅典不存在了!它已经被大火彻底烧毁。"

"雅典还在,以后几百年一直都会在。"特米斯托克利又大声喊道。

"你以为你是谁,动不动就大吼大叫,打断别人?"科林斯将军怒吼道,"也许你应该最后一个发言,在座的将军只有你失去了家乡,失去了城邦!"

特米斯托克利像弹簧一样跳起来,双手使劲砸在桌子上,嚷道:"失去城邦?科林斯人,你满嘴胡言,荒唐可笑!"

欧里拜德斯再也忍不住了,气得满脸通红。他站起身,拿着希腊舰队总指挥官特有的银手杖,朝特米斯托克利挥过去。

特米斯托克利向右倾身,躲过一击。手杖重重落在了桌上。

所有人都睁大了眼睛,一阵寂静突然笼罩整个大帐篷。这一击要是打在特米斯托克利的脑袋上,一定会造成重伤。

过了一会儿,特米斯托克利转向欧里拜德斯,换了语气,用非常冷静的口吻说:"随便你打,但听我把话说完!"

就这样,欧里拜德斯冷静下来。可能是觉得刚才的行为太过野蛮,他也改了口气,把发言权交给特米斯托克利,还命令其他人不得打断他。

特米斯托克利开始发言，首先对着科林斯的将军阿德曼托斯说：

"科林斯将军，你刚刚说，我们失去了家乡，雅典不复存在。我把之前的回答再重复一遍：雅典还在。雅典就是我们——自由的城民和两百艘战舰，其中一百八十艘就停在萨拉米斯海峡。

"如果你和在座的各位认为我们雅典人失去了家乡，坚持无视我们的诉求，那我警告你们，我们将带走所有战舰，前往意大利的西里斯[1]，很快在那里建起新城市，蓬勃发展起来。你们会追悔莫及，舰队没有了，因为大部分战船都是我们的。

"我还要向在座的各位揭露某些人背叛联盟的秘密行动。他们没有在阿提卡和维奥蒂亚[2]之间的帕尼萨-季赛荣山脉[3]构筑防线，对我们的求救视而不见，任命克里姆波托斯——列奥尼达的兄弟——为伯罗奔尼撒军队的首领，然后在肯彻里埃和勒凯翁[4]两个港口之间筑起城墙，只保护自己的城邦。

1　西里斯（Siris），意大利南部城市，曾为古希腊殖民地。
2　维奥蒂亚（Boeotia），希腊中部的一个大区，东南方连接阿提卡半岛，东部与艾维亚地区接壤，西南为科林斯湾。
3　帕尼萨-季赛荣山脉（Parnitha-Kithairon mountain range），希腊中部的一座山脉，长约16公里，最高海拔约为1 400米，是阿提卡与维奥蒂亚之间的天然屏障。
4　肯彻里埃（Kenchreai）和勒凯翁（Lechaio）均为古希腊港口，分别位于科林斯东西两侧。

"你们这些伯罗奔尼撒的将军啊,只想着救自己的城邦,你们的行为背叛了希腊联盟的原则,直接导致阿提卡的许多城邦毁于一旦,也包括刚刚沦陷的雅典城。今天在这里开会,你们又沿用老一套的自私逻辑,只维护自己城邦的利益,抛弃墨伽拉、萨拉米斯、埃伊纳和其他小城邦,任由波斯人宰割,就像你们先前背叛雅典一样。

"可是我们今天的决定必须考虑到整个希腊。我再强调一遍,我们的优势在萨拉米斯海峡。只有在这里,我们才有获胜的机会,希腊和波斯在战舰数量上的巨大悬殊才不是问题,因为波斯人没法在这个海峡集结所有战舰。"

他转身看着欧里拜德斯的眼睛,继续说:"首先想请舰队司令欧里拜德斯听听我的诉求,你是整个希腊舰队的总指挥官。

"将军,让希腊人团结在一起,你的决定必须给予每个希腊人平等的尊重,给予每个自由的希腊城邦同样的希望。

"如果决定留下,事实终将证明你的正直高尚。墨伽拉、埃伊纳、萨拉米斯,还有所有雅典难民都会得救。神谕已经预言了我们的胜利。

"如果决定离开,前往科林斯地峡,波斯舰队会跟过去,薛西斯庞大的军队也会紧随其后。就这样,你把敌人引入了伯罗奔尼撒,整个希腊都会毁灭。我再说一遍,离开萨拉米斯意味着摧毁希腊。这场战争的关键因素就是舰队。

"我向在座的各位希腊同胞、兄弟和盟友呼吁,让我们保持团结,在萨拉米斯打响这次大战。这是一场重中之重的战役!"

特米斯托克利的发言非同凡响,充满力量,极具感染力。他说话时,透克洛斯在心里赞叹着他十足的闯劲和杰出的领导力。

发言结束,帐篷里一片沉默。

欧里拜德斯站起来,挨个扫视在座的将军,说:"特米斯托克利说服了我!我们应该留在萨拉米斯开战。这是我的决定,也是我的立场。这是一场重中之重的战役!"

将军们窃窃私语,纷纷议论。科林斯的阿德曼托斯再一次煽动阿卡狄亚人、特洛伊人[1]和西库昂人,最后又引发了激烈的争吵。总指挥官要求肃静,但丝毫不起作用。

科林斯的阿德曼托斯第一个站起来,一边往外走,一边大声说:"我们,还有其他一些伯罗奔尼撒的联军,明早出发去科林斯地峡。祝愿所有人都得到神明的庇佑。"

他出了帐篷,那些赞同他的人也跟着离开了,差不多走了一半。特米斯托克利看着欧里拜德斯的眼睛。

他耸耸肩:"很遗憾,没能说服他们。"

接着,特米斯托克利朝透克洛斯使了个眼色,点点头,传递

---

[1] 特洛伊人,又译伊利昂人(Iliad),居住在特洛伊城的公民。《荷马史诗》中的特洛伊战争以特洛伊城邦为中心。

了执行秘密任务的信号和命令。

透克洛斯离开帐篷,快步走向"雅典娜胜利"号的停靠地。

希腊联盟本质上已经分崩瓦解。眼下的秘密任务至关重要。他向雅典娜祈祷,希望波斯王能被说服,像特米斯托克利期待的那样采取行动。

他抬眼望向天空。太阳挂在头顶,现在是正午时分。

他来到战船前,问卫兵们西西努斯在哪里。他们告诉他,西西努斯一早就来了,正坐在战船里等待。

透克洛斯跳上战船,下令起航。他意味深长地看着西西努斯的眼睛,说:"老师,现在就看你了,一定要全力以赴。时间宝贵。"

6

西西努斯

"解开缆绳，我们出发。"透克洛斯跳上船喊道。缆绳被收起来，放下船桨的指令声回荡在上空。

战舰缓缓滑出小海湾，向比雷埃夫斯的方向驶去。

"升起船帆！"透克洛斯高喊。"让划桨手休息一下。"他想。

过了一会儿，战船紧紧挨着庇莱基光滑的礁石前进，向比雷埃夫斯靠近。为了不引起波斯人注意，他们尽量不让船暴露在海面上。

比雷埃夫斯的港口进入了视野，战船经常停靠在那里。

"准备跳船，我们不会靠岸。"透克洛斯对西西努斯说。

这地方现在确实危险。波斯人已经进入雅典，肯定也向比雷埃夫斯部署了军事力量。

西西努斯跳下船，弓着背快步往前走。透克洛斯在船上望着他。他先绕到石炮塔的左边，接着走上通往利阿[1]的下坡路，几分钟后向左一转，消失在视线中。

"走，去厄琉息斯。"透克洛斯对水手长下令，战船划过水面快速前进。

西西努斯小心翼翼往前走，边走边向四周张望。这座城邦看上去像另一个世界，彻底废弃了。除了他自己的脚步声和呼吸声，

---

[1] 利阿（Zea），位于比雷埃夫斯东面的广阔海湾，古希腊时期是隶属于雅典的最大的军事码头，也是战船的建造地。

什么也听不见。

留在雅典的人惨遭大屠杀后,那些坚持留在比雷埃夫斯的人,即使再怎么顽固也离开了。

走了二十分钟,他经过了利阿,开始快步爬上穆尼基亚[1]的山坡,右边就是帕勒隆湾。

上坡土路的尽头传来女人的哭号,他小心朝声音的源头走去。那里有座大房子,建在山石上,俯瞰整个帕勒隆湾。他蹑手蹑脚地走进大院子,躲在一棵棕榈树后面往里看。

醉醺醺的波斯士兵正在虐待八个年轻的希腊女人。他们把女人们赤身绑起来,肆意折磨。女人们身上遍布红色伤痕,很可能是棍棒或鞭子留下的。

这些肯定是留在雅典或比雷埃夫斯的女孩,他想。看到波斯士兵如此粗鄙的行为,他脸上写满了悲伤。

就在这时,他感觉脖子被尖锐的剑尖抵住。

他举起手,缓缓转过身,看到一个眼神凶煞的波斯士兵。士兵大声呼喊周围的同伴。五个波斯士兵迅速围过来,发疯似的大喊大叫。

西西努斯用波斯语跟他们说话,尽力说得令人信服。

1　穆尼基亚(Munichia),位于比雷埃夫斯东北面的一座小山,高约86米,地势陡峭。

"波斯兵,仔细听我说。我是一名信使,为薛西斯大帝带来了极为重要的情报,能决定整个战争的最终结果。赶紧洗把脸,带我去皇帝的军帐,否则薛西斯大帝的怒火会烧到你们身上。我不会说你们执勤时酗酒的事,免得你们脑瓜落地。但作为保守秘密的交换,你们必须立刻放了这些女孩。"

他凶狠地盯着卫兵长,说:"停止你们的野蛮行径,立刻放了这些女孩。尊重女人是所有男人的义务和荣耀,不论她们来自哪里。给这些女孩松绑,把衣服还给她们。"

其中一个卫兵吼道:"为什么听他啰嗦?现在就杀了他!"

卫兵长恶狠狠地骂了回去:"喝酒和胡扯,你小子排第一,幸好卫兵长永远轮不到你来当。按信使说的做,快点!"

西西努斯走到惊恐万分的女孩身边,用希腊语对她们说:"这里没人能带你们离开,你们只能靠双腿走。他们一放人,你们马上穿过比雷埃夫斯和德拉佩索纳[1],去厄琉息斯,那里还没有被波斯士兵践踏。衷心祝你们一路好运!"

她们眼含泪水,满怀感激地看着他。士兵给她们松绑,把外袍还给了她们。

八个女孩惊慌地朝利阿的方向走去。西西努斯骑上卫兵牵来

---

1 德拉佩索纳(Drapetsona),位于比雷埃夫斯西面的港口,距离雅典城中心约10公里。

的马，在六个波斯兵的护送下，向皇帝的军帐出发。

此时此刻，帕勒隆湾薛西斯大帝的帐篷里，气氛格外紧张。波斯战争委员会的会议正在进行中，所有将军都在场，但万王之王本人却不在。他说凡人不能看到他的神躯，所以决定不在人前抛头露面，能见他的只有他的奴隶、秘书官和心腹马铎尼斯[1]将军。

因此，马铎尼斯总是代替薛西斯主持会议，倾听发言，然后把不同意见传达给他，由他最后定夺。马铎尼斯还是薛西斯大帝的妹夫，和皇帝的妹妹雅塔佐斯忒[2]结了婚。他获得准许，开会时可以代替薛西斯坐在王座上。

王座由乌木和象牙打造，饰有镶金布料，靠前的两条椅腿底部有两头金狮子。马铎尼斯端坐在高高的王座上，身上的紫黑色直筒长袍一直垂到脚边，胳膊上戴着金镯子，胸前挂着金项链。

他刚把发言权交给波斯盟友阿尔特米西亚[3]，她是哈利卡那索

---

1 马铎尼斯（Mardonius，？—前479），波斯将军，贵族出身，家族与波斯王室交往密切。
2 雅塔佐斯忒（Artozostri），波斯皇帝大流士一世的女儿，薛西斯一世同父异母的妹妹。
3 阿尔特米西亚（Artemisia），又译阿尔忒弥西亚，希腊城邦哈利卡那索斯（Halicarnassus）的女王，与薛西斯一世是同盟关系，参与了波斯对希腊的侵略战争。

斯的女王，人非常聪明，也很有见地。她是一艘战船的指挥官，另外还有十二艘战船听她调度。

在座的将领一肚子不服气，他们无法接受一个女人对他们发号施令。但薛西斯器重她，总是征求她的意见，所以马铎尼斯也很认真地听她的发言。

"将军，请转告大帝，不要在海上开战。希腊人的海战能力比波斯人强，就像男人的力量比女人强。何必在海上和希腊人对抗呢？既然大帝已经攻下雅典，再没有人能抵抗他的军队，我建议用陆军进攻伯罗奔尼撒半岛。希腊人补给不足，无法在萨拉米斯久留，而且他们的联盟十分脆弱，一旦看到科林斯和伯罗奔尼撒的其他城邦失守，联盟会立刻崩解。如果坚持在萨拉米斯海峡进行海战，我们将失去所有优势，灾难会降临在我们头上。"

三位书记员写得飞快，详细记录每位将军的发言。他们并排坐在马铎尼斯王座的右边，伏在桌上埋头书写。

西顿[1]的首领最先回应，毫不掩饰他的愤怒："将军，我们有1 207艘战船，对方只有330艘，说不定比这还少。他们的海军大多是刚征召的雅典人，作战经验并不丰富。我们已经在阿尔忒弥西奥击垮了他们，他们要不是撤到这里，恐怕整个舰队都没了。

---

[1] 西顿（Sidon），古代腓尼基北部城邦，今为黎巴嫩南部城市。

希腊军刚吃了败仗,军心不定,我们应该趁机出击,彻底摧毁敌人。只要给对方一点喘息的时间,他们就会重整旗鼓。再说了,堂堂万王之王,岂有拒绝海战的道理!"

马铎尼斯听得认真,但不露声色,毕竟他无权自行做出决定。

他让苏尔[1]的首领接着发言。这位首领咬牙切齿,瞪了一眼阿尔特米西亚,说:"将军,陆军和海军内部必须有严格的等级制度。一个只有区区十三艘战船的女人,怎么能排在腓尼基[2]人前面?怎么能比西顿首领和我先发言?

"如果把我们的战船一字排开,可以从帕勒隆排到萨拉米斯。我反对她的意见,首先,这不符合军事伦理,其次,阿尔特米西亚的发言不算发表观点,没有军事分析,她的口吻和话语表现出极度的狂妄自大。她怎么敢对皇帝指手画脚?她的傲慢冒犯了皇帝,也冒犯了我们。"

马铎尼斯开了口,说道:"各位说的每句话都被准确记录下来了,大帝自己会判断谁的话冒犯了他。看得出来,你和阿尔特米西亚将军之间不和,但这件事跟大帝不相干,我个人绝不允许舰

---

1 苏尔(Tyre),古代腓尼基城邦,今为黎巴嫩第四大城市。
2 腓尼基(Phoenicia),古代一个繁荣的地区,包括西顿、苏尔等城邦,大约相当于今黎巴嫩地域。爱琴海文明深受腓尼基文明影响,希腊字母源自腓尼基字母。公元前6世纪,腓尼基被波斯帝国兼并。

队内部有矛盾。"

听马铎尼斯这么说，阿尔特米西亚笑了，觉得自己受到了庇护。马铎尼斯将军就应该这么回应苏尔首领。

马铎尼斯话音刚落，一位秘书官走进帐篷，说有紧急消息通报。他走到马铎尼斯身边，对着他的耳朵低语了几句。

随后，马铎尼斯声音洪亮地说："现在暂停发言。本次会议插入一项，下面接见一个来自希腊军营的信使。他为大帝带来了重要情报，事关希腊军的动向。"

西西努斯走进来，跪在马铎尼斯面前，按照规矩只盯着地面。他非常清楚，不按规矩行事的人会掉脑袋。

希腊人永远想象不出薛西斯的帐篷是什么样子，除非像西西努斯一样置身其中。

帐篷非常宽敞，比特米斯托克利的至少大十倍。四周都是休息的地方，靠垫上装饰着昂贵的纹金布料和珍稀兽皮，地面铺满了手工制作的地毯，毯子上有波斯帝国的标志。帐篷边缘围了一圈立柱般的长矛，矛上挂着带有阿契美尼德王朝[1]标志的盾牌，长矛底部系着金火把。

1　阿契美尼德王朝（Achaemenid，前550—前330），又称波斯第一帝国，史上第一个横跨欧亚非三洲的帝国，为扩张领土发动对希腊的战争，持续长达半个世纪。

每一块休息的地方都有几张小巧的大理石桌，桌上放着十几个纯金酒杯和雕刻精美的双耳瓶，还有几个装满水果和甜点的大银盘。

角落里有三个笼子，关着几只小猴，旁边还有一个笼子，装着两条巨蟒。一根像树枝一样的金属杆高高地悬在笼子上方，两只彩色大鹦鹉站在杆子上，拴着脚链，好奇地东张西望。

帐篷里有些拥挤，到处坐满了波斯人，椅子之间还站着许多人。波斯舰队的所有指挥官都在那儿。

"起身吧，信使，告诉我你带来了什么情报。"马铎尼斯说。

西西努斯缓缓站起来，把特米斯托克利教给他的话全部说了出来。

"我为伟大的波斯大帝带来了重要情报，"西西努斯说，"希腊联盟的将领们决定明天一早偷偷出发，从萨拉米斯背面的海峡离开，去科林斯地峡重整旗鼓。

"这样他们就能和陆军并肩作战，抵抗波斯军。他们认为在萨拉米斯打海战将是希腊舰队的灾难，主要因为舰队和陆军主力失去了联系，而且波斯战船数量有压倒性优势。希腊联盟没法维持下去了。特米斯托克利已经知道没有获胜的希望，决定站到波斯大帝这一边。"

听着西西努斯的话，将领们相视一笑，向阿尔特米西亚投去了嘲讽的眼神。

不一会儿，薛西斯亲自下令，立刻包围希腊舰队："我命令你们,太阳落山后,黑夜降临时,用三排战船阻断敌人退路。另外再派两百艘战船,现在马上出发,绕到埃阿斯[1]岛另一面。守住海峡和通道,不要让任何一个希腊人成为漏网之鱼。"

两百艘波斯战船迅速执行最新命令,从帕勒隆湾扬帆起航,朝埃伊纳岛的方向进发,去往墨伽拉对面的萨拉米斯海峡。

---

[1] 埃阿斯(Ajax),希腊神话中的英雄人物,在《荷马史诗》中是萨拉米斯国王,因此萨拉米斯岛也称为埃阿斯岛。

7

圣 师

"雅典娜胜利"号驶向厄琉息斯的海湾，透克洛斯迫切想见到科里顿。科里顿是厄琉息斯秘仪会的潜修者和圣师，也是他父亲的密友。

船靠岸，他命令所有人保持警惕，然后告诉水手长尼坎卓斯，他最晚两个小时后回来，说完跳上了岸。

他快步朝德墨忒尔和珀耳塞福涅的神庙走去，那里是秘仪会一年一度的入会仪式的举行地。神庙非常古老，位于卡里乔洛井[1]附近，是在庇西特拉图[2]执政时期建造的第一座神庙的基础上修成的。不过据说这地方早在公元前1550年左右就有神庙了。

厄琉息斯秘仪会的入会仪式每年九月初举行，持续九天。从八月中旬开始，整个希腊都在为这场负有盛名的入会仪式进行准备和庆祝。

可是今年，波斯又发动进攻，掀起战火，几乎没有潜修者前来参会。

透克洛斯的计划也因此泡了汤。他强烈渴望加入秘仪会，获

---

1 卡里乔洛井（Kallichoron Spring），厄琉息斯最古老的地标之一。根据希腊神话，女神德墨忒尔到厄琉息斯寻找女儿珀耳塞福涅，曾坐在卡里乔洛井边休息。
2 庇西特拉图（Peisistratos，约前600—前527），古希腊雅典僭主，公元前561年—前527年期间两次执掌雅典政权，对雅典政治、经济、宗教和文化生活产生了重要影响。

得第一等级，本来和圣师科里顿商量好了，现在却无法参加入会仪式。

他到了。一条小路在面前延伸开来，左右两边种着一行柏树，像整装列队的卫兵，誓死守卫圣地。

远处是古老的德墨忒尔和珀耳塞福涅神庙。神庙由大块的石雕和大理石建成，多年来已变暗发黑，两列多立克[1]风格的柱子分立在左右侧，形成两条走廊。

他走过小路，来到神庙的拱形入口。正中有一块大理石板，上面刻着一条衔尾蛇和两捆麦穗，象征女神德墨忒尔所代表的土地创造力，蛇和麦穗四周围了一圈入会仪式的各种符号，左右各有一个狮头。

狮头上方刻着两个古老的小雕像，雕像一只手握着香桃木花环，另一只手捂住嘴巴，提醒入会者必须绝对保密，任何泄露秘仪会和入会仪式机密的行为都是被严格禁止的。

他穿过入口，走进了一个大石板围成的圆形场地，周围生长着夹竹桃和香桃木。场地中心有一个大理石基座，上面立着伊阿科斯[2]的圣像，他是珀耳塞福涅和宙斯的儿子。圣像雕刻精致，双

1　多立克（Doric），一种源于古希腊的柱式。
2　伊阿科斯（Iacchus），希腊神话中的一个神，同厄琉息斯秘仪有着密切的联系。

眼和身体各个部分涂上了鲜艳的色彩。

伊阿科斯双目微垂,俯视观者,表情栩栩如生,卷曲的头发上戴着一顶金冠,金冠上饰有香桃木。他右手握着火把,一团火焰日日夜夜燃烧不息。

周围一个人也没有。要不是因为战事,肯定会有人来拜访。发黑的石板围成了一条走道,他沿着走道前行,穿过庭院,进入了一座美丽的花园,旁边就是神庙。神庙两侧的柱子和外墙之间立着一尊尊雕像,装饰着整个走廊。

花园尽头有一座木亭,两片玫瑰丛围绕着亭子,花开得又多又大,圣师科里顿正坐在亭下阅读。

他大约七十岁,小个子,一头白发,长长的白胡须,额头上刻着深深的皱纹,深邃的双眼流露出智慧和平静。圣师科里顿是整个阿提卡地区的精神领袖。

他看书太过投入,透克洛斯走到离他只有两米远的地方,他都没有察觉。

"晚上好,圣师。"透克洛斯礼貌地轻声说,不想吓到他。

他慢慢从莎草纸上抬起头,安详地看着透克洛斯。

"晚上好,孩子,"他说,完全没认出来者是谁,"我一点声音也没听到,不过没关系。我想过了,波斯人随时可以闯进神庙,像你现在一样站到我面前。因为诸如此类的许多原因,我们必须做好准备,时刻准备跟命运和众神赐予的一切说再见。"

"把椅子搬过来,坐在我身边。"他说,指向走道尽头靠墙的一把木扶手椅。

透克洛斯取来椅子,挨着他坐下。繁茂的玫瑰花枝缠绕着亭子的木柱攀爬,一朵朵鲜红的玫瑰绽苞怒放,花瓣宛如天鹅绒,芳香四溢。

一只小金翅雀停在旁边的花枝上,小脑袋动来动去,盯着他们看了一阵,然后唱着欢快的曲调,飞走了。

"圣师科里顿,您还记得我吗?我是透克洛斯,拉俄墨冬的儿子。我父亲是秘仪会的成员,也是您的挚友。"

"是的,孩子,我想起来了。"科里顿微笑回答,一只手摸着白胡子,"我非常喜欢和欣赏你父亲,为他的离世感到非常难过。我常常想起他,回忆我们以前愉快的交谈。要知道,我和他总是坐在这个木亭里,就像我和你现在这样。"

透克洛斯的脑海中浮现出父亲坐在这里和科里顿交谈的画面。这个画面直抵内心深处,令他百感交集。

"我会永远怀念吕西亚斯的拉俄墨冬,只要我还活着,他永远在我心里。"科里顿继续说道,慈爱地看着透克洛斯的眼睛。

"你知道联结世界的桥梁是什么吗?"他问,没等透克洛斯回答就继续说:"是爱!我们在世俗的物质世界,离开的人在超凡的精神世界,能把这两个世界联结起来的桥梁就是爱。"

"爱,"他重复道,"是桥梁,是道路,是方向!"

他朝玫瑰花仰起头，凑到一朵大大的红玫瑰边上，闭上眼闻了闻，说："哪里有爱，哪里就有生命。"

透克洛斯听着这些话，心潮澎湃。圣师所言正是他内心所想。他一直能感觉到父亲的存在，父亲一直活在他的心里。

"我们所说的'心'，也就是灵魂，它并不属于这个世界。"科里顿仿佛看穿了透克洛斯的心思，继续说道，"灵魂不朽，容纳万千宇宙。入会仪式是内心的一条通道，一场修行，帮助世俗的头脑去理解永恒不朽的灵魂。感受你的内心，你的灵魂，学会倾听它，表达它。"他紧盯着透克洛斯的眼睛。

"圣师科里顿，我真切体会到了您的话。听您说这些，我感受到一种强烈的通透感，好像沐浴在万丈光芒之中。很抱歉，我没时间按计划参加入会仪式。"

"时间只存在于'梦幻般的现世'，只存在于这一层面的世界，它是为了修行而存在的。时间永远不够用，我们应该随时做好思想准备，迎接它倏然消逝的那一刻。"他带着一丝感伤说道，凝视着透克洛斯的双眼。透克洛斯用微笑掩饰心中莫大的遗憾，却被那双洞察一切的眼睛看得清清楚楚。

"我知道你有多想加入秘仪会，"科里顿会心地笑了，"我不能透露入会仪式的祷词和祈语，但我会尽我所能与你分享一些秘仪思想。你父亲告诉我，他曾向你传授过深奥的知识。也许我可以让你的思维和理解更进一步。"

透克洛斯睁大双眼，竖起耳朵，敞开心门。他渴望学习，学得越多越好。

"通晓秘仪智慧的人最大的敌人是自己，是自负。当潜修者的内心获得了智慧，他的意识会提升到更高的层次。内心修行的成果是精神上的极致通透，这种通透是灵魂的礼物。突然之间，一切都有了意义和解释，潜修者能看清生命的全貌，看清与生命相连的世界。

"问题就出在这里。这种通透带给他光亮，带给他精神上的提升，但也成为了他的尖刺和罪孽。他现在能'看清'了，觉得自己高人一等。傲慢在他心中扎根，在他体内生长，变成了最难抵抗的敌人。敌人擅长伪装和操纵，戴着伪善的面具，编造无数的借口，欺骗潜修者，让他卸下防备。这样下去，它必然获胜。只有一种武器能杀死这个邪恶的敌人——谦卑！这一场仗必须尽早开打。如果潜修者没能除掉敌人，就会种下心毒，迷失方向。"

透克洛斯仔细听着，这些都是他闻所未闻的。他从没想过，灵魂把通透送给潜修者的时候，傲慢这个可怕的敌人也会随之潜入。

"谦卑！"他在脑子里慢慢重复这个词，让它深深沉入心田。

"爱是我们每个人的目的和方向，"科里顿继续说，"一个人想要做到无私地、不求回报地去爱，必须修炼自己的内心，必须击败自己的心魔：自私，恐惧，嫉妒，忘恩负义，贪婪，等等。

"在人生的剧场里,我们绝不能只看角色和场景,而是要理解想法背后的渴望,感知言语背后的欲求,洞察行为背后的动机。即使是阴险和恶意,背后也隐藏着对爱和理解的渴望。邪恶背后是痛苦。邪恶不过是一种缺陷罢了。爱是通往光明的唯一道路。"

透克洛斯惊呆了。这些话像灯塔在心中闪烁,唤醒了精神,揭示了灵魂的真理。他没带莎草纸和笔,没法做笔记。他努力记住圣师说的每一个字。

他激动地望着科里顿,眼里充满兴趣,问道:"圣师,为了获得声名、荣光和财富而付出的努力是不是毫无意义呢?"

"人生的意义不在于物质,这一点很容易懂。如果死后能带走生前获得的一切,这些理所当然也是人生的意义。声名和荣光是人生剧场里的角色获得的奖赏。

"不过,请注意,潜修者必须尽善尽美,处理好他在人生剧场里的角色。这其中的重要原因是隐秘的。我将要告诉你的,是潜修者在通向智慧和自知的道路上非常微妙的一点。为了在人生的剧场里扮演尽善尽美的角色,需要付出巨大的努力,正是这种努力锻造了他的精神。

"凡是拥有大爱和智慧的潜修者,绝不会懒惰邋遢,绝不会欠债不还,绝不会玩世不恭。对真正的潜修者来说,尽管知道生命的意义不在于角色本身,但他深深明白,勤劳自律,不断努力把每一件事做到完美,这是内心进化的表现,也反过来直接影响着内心的进化。每一件事，哪怕再不起眼，也是一种精神修行！

"为了达到尽善尽美的境界，潜修者必须在简单的日常生活中尽可能做到完美。比如，如何脱掉衣服和鞋子，把它们摆放在哪里，起床后是不是立即整理床铺。同样，处理更复杂的事情时，也要寻求完美的结果。无论做什么，不应该满足于做完，而应该做好。保持微笑，全心投入，力求完美。"

透克洛斯睁大眼睛，赞同地摇摇头[1]，表明他听得认真，同意圣师说的每句话。这些话唤起了他的回忆。

他记得父亲总是告诉他，睡觉前脱掉的衣服要整整齐齐放在椅子上。"把衣服叠放好，就好像它们是等待买主挑选的商品。"父亲笑着对他说。

还有一次，父子俩独自住在伊米托斯山上的那些天，父亲告诉他，是时候向他传授一条最隐秘的秘仪真理了，这条真理会像魔法一样改变他的人生。不过在此之前，他必须完全靠自己完成一项任务，全程必须保持沉默，不得交谈，不得抗议。他们一起爬到山顶，他要在那里砍柴，装满一个大麻袋，然后搬回帐篷。

透克洛斯十分兴奋，迫切想知道真理是什么，立刻就答应了。

结果呢，这项任务极其艰难痛苦。他的体力已经超越了极限，

---

[1] 在希腊人的肢体语言中，摇头表示同意、肯定。

却连麻袋的一半都没装满。双手和全身疼痛难忍，斧子重得几乎挥不起来，他用力砍向树干，树干却纹丝不动。他一边抱怨，一边看向父亲。父亲躺在一棵树下，好像睡着了。

他正打算放弃，但转念一想，这样会错失机会，无法学到伟大的真理和改变人生的魔法。他咬紧牙关，向树干开战，仿佛这是一场生攸关的战斗。太阳下山，消失在萨洛尼克海湾[1]的海平面下，透克洛斯砍完了最后的木柴。

他连拖带拽地把一麻袋木柴往帐篷拉，父亲静静跟在他身后。到了帐篷，他看着满是水泡的手掌，问现在可不可以交谈了，他已经准备好学习隐秘的真理。

"可以。"父亲回答。

他们在帐篷边坐下，他说："孩子，最强大的力量和最深邃的智慧是世人无法看到的。我要向你传授最隐秘的秘仪真理，向你揭示它魔法般的力量，不管你内心多么激动，一定要努力克制住。还有，不要贸然认为自己一下子就能理解一切。我告诉过你，越深邃的智慧，越需要谨慎的判断和开放的思想去理解它。"

他接着说："人的生命中最强大的力量就是灵魂的力量，它通过人的意志表现出来。意志包含'我想要'，但'我想要'是远远

---

[1] 萨洛尼克海湾（Saronic Gulf），位于爱琴海西部，沿海主要城市是雅典。

不够的。意志还包含'我行动',联合了身体、灵魂和思想的能量。

"实现最高目标的方法是使用内心的'特殊能量库'。当生命遭遇危险,当强烈的意志与精神合二为一,给身体下达命令'是的,你能做到',只有这种时候,'特殊能量库'才会出现。只有这种时候,魔法才会显灵。

"刚才你差点就放弃了,不是因为愤怒,也不是因为性格不够坚强,而是因为体力远远超过了承受的极限。面对诸如此类的时刻,人们总会经历一场输赢较量,先是精神层面的,随后是物质层面的,因为精神先投降了,身体才会跟着被打败。

"那一刻,在你自己没有意识到的情况下,你的意志和精神一起支撑着你的身体,向它提供了'特殊能量库',魔法就这样显灵了。你砍完了木柴,甚至不明白自己是怎么办到的。"

圣师默不作声,留出一段空白。他察觉到透克洛斯正在思考,需要时间去消化他刚刚说的话。

"圣师科里顿,您如何看待死亡?"透克洛斯问,"我跟父亲谈了很多,但那时我还太小,无法理解一些复杂的解释。我记得他说,我们是精神!"

"我们是不朽的精神,是肉身中伟大的灵魂,所以我们不会死亡。单纯把自己作为肉身去理解和体验,不仅是一种错误,也是一种无能。"科里顿说。

"大多数人认为他们就是肉身,但肉身不过是一袭长袍、一件外衣。某个时刻，我们会离开赋予我们的外衣，这并不意味着我们死了，而是代表我们去往更高的维度，去往我们的来处。直到下一个轮回来临，回到这个物质世界之前，我们是不需要肉身的。"

"圣师，一个人去世了，脱离了肉身的外衣，为什么不能随时再回到这个世界待一会儿呢？"透克洛斯问道，想着他的父亲。

"孩子，神和我们的约定不是这样的。今世是一场梦，今世的生命是小写的生命，它只不过是一所学校，一个学徒的剧场。学期结束了，学生们交还钥匙，交还肉身的外衣。要知道，他们根本不想再回到学校。学位拿到了，哪还有学生愿意复读一年呢？学期结束了，学校关门了，哪还有学生愿意每天孤零零地坐在课桌后面呢？他们会在下学期开学时回到学校。"

他直视透克洛斯的双眼，微笑着说："有一年，入会仪式结束后，我和一群新入会的成员坐在这个院子里。有个成员让我解释一下，为什么有时候说我们是精神，有时候又说我们是灵魂。

"我告诉他，灵魂是精神的载体，肉身是灵魂的载体！我们所有人都是天国不朽的精神，我们栖居的世界远高于这个物质的世界，那里充满光明，处处完美，那里才是我们真正的家。

"当神决定让我们坠入这梦一样的人生时，精神作为能量最高的存在，需要一个载体才能降落到低层次的世界。这个载体要保护精神的微妙本质，也要给予精神表达自我的能力。第一个载体就是灵魂。

"但即便是灵魂,也无法降落到充满物质和二元的粗俗世界,它需要另一个载体保护它,赋予它表达自我的能力。第二个载体就是肉身。这个世界的普遍规则是二元的,所以要么选择男人的身体,要么选择女人的身体。好了,亲爱的透克洛斯,我把当时说的话再向你说一遍,我们是精神,我们拥有灵魂,我们住在肉身中!"

"哦,这个解释太美妙了,圣师。"透克洛斯一脸愉悦地说,圣师的话令他茅塞顿开。

天上一声鹰啼,透克洛斯抬眼看向天空,一只老鹰在神庙上方盘旋。"我们已经做了一年朋友了。"科里顿指着老鹰说,老鹰此时飞得非常低。

时间到了,透克洛斯必须回到船上,发出最后指令,之后还要去见帕西法厄。一想到她,他的心中就充满了光明。

"等等,你走之前,我想给你一样东西。"科里顿说。

他忍着疼痛站起来,掩饰住脸上的一丝痛苦,一瘸一拐地从后门走进神庙。两分钟后,他回来了,手里握着一条棕色绳子,绳子上有个银吊坠,是护身符。

"收下,当作我留下的纪念,也为了得到女神的庇佑。"他说着把护身符递向透克洛斯,"戴上它,孩子,让它永远陪伴你。这个护身符吸取了女神的能量和光芒。德墨忒尔憎恨冥王,因为他夺走了她的女儿。只要你一直佩戴德墨忒尔的护身符,她会将你和冥王隔开！她不会让他带走你！"

他把护身符放到透克洛斯的掌心，露出了和蔼的微笑。

"我有种预感，孩子，我们不会再见面了。我知道我会先于你离开，去往另一个世界，那里的生命是大写的生命。"科里顿慈祥地看着他，给了他一个拥抱。

"不，圣师，请别这么说，我保证我们很快会再见。海战结束后我会来看您。我们有决心守卫家园的安全和自由，在雅典娜和德墨忒尔的帮助下，我们一定会胜利，一切都会好起来的。"

他们拥抱了一会儿。听到科里顿的最后几句话，透克洛斯有些难过，但没再说什么。

"我祝福你。"圣师最后朝他笑了笑。

透克洛斯衷心感谢他所做的一切，向他告别，朝等待的战船赶去。

他手拿着德墨忒尔和厄琉息斯秘仪会的银护身符，边走边仔细看。护身符的一面刻着德墨忒尔女神的脸庞，四周围着两束麦穗，另一面有一个双回纹圆圈，圈中刻着几个字：

德墨忒尔 大地之母 丰饶女神
在和平中喜乐 用光明拯救我

他紧紧攥着护身符，想起了父亲，又想起了圣师科里顿。他的内心激动万分,还有一股无法解释的忧伤。"我会尽快来看您的,圣师。"他自语道,把绳子套在脖子上,让护身符贴在胸口。

他快步朝前走,一种新的感觉向他袭来。他觉得自己今天已经成为了秘仪会的一员。

8

亚里斯泰迪斯与埃斯库罗斯

水手长尼坎卓斯正在船外等他，其他船员都待在船里。

他下令松开绳索。没多久，"雅典娜胜利"号划破平静的海面，朝萨拉米斯的方向驶去。

希望薛西斯被说服了，在伯罗奔尼撒人离开前封锁海峡——透克洛斯边想边跳下战船，踏上萨拉米斯的土地。士兵们把船拴好。

他立即跑去见特米斯托克利。帐篷外的卫兵告诉他，将军不在，去战船上了。

他疾步朝大海湾左边的海滩走去。为了简便，那一带被称为"中心港"，大多数雅典战船都停在那里。

他看见将军正在跟一群指挥官交谈，上前打了声招呼。

特米斯托克利向他们通告了战争委员会的最终决定，解释了他的计划。不管希腊联军的其他成员怎样选择，他们都将留在萨拉米斯。

讲完话，将军转身看向透克洛斯，示意他跟自己走。

两人离开指挥官们，慢慢朝山上的大帐篷走去。

"将军，我想告诉您，我的任务已经圆满完成。"稍微走远了一些，透克洛斯开口说，"我们离开时，我看到西西努斯朝比雷埃夫斯的中心走去。就我所见，附近没有军队。"

"透克洛斯，干得漂亮，孩子。"特米斯托克利说，"接下来就等着薛西斯按照我的期待行动了。真心希望一切顺利。"

他说话时，透克洛斯一直注视着他。将军脸上满是疲惫，但也透露着一丝期待。

他们走到半路，有个卫兵跑过来，向特米斯托克利报告说，一个叫亚里斯泰迪斯的人刚刚坐船抵达中心港，急着要见特米斯托克利。

"亚里斯泰迪斯？怎么回事？我跟他完全算不上友好。"特米斯托克利说。

亚里斯泰迪斯，利西马科斯的儿子，人称"正义之人"，是特米斯托克利的政治劲敌，两人之间有很深的敌意。在精彩而激烈的辩论中，特米斯托克利的政见赢得了支持，最后经过公投，亚里斯泰迪斯被驱逐出雅典。从那时起他一直住在埃伊纳岛，将军还以为这个人会就此销声匿迹。

他们转身返回中心港，看见士兵们正在帮忙将一艘渔船拖上岸，渔船前站着的正是亚里斯泰迪斯。他一副老态，头发和胡子全白了，身上穿着和普通村民一样的衣服。

"亚里斯泰迪斯，你为什么来这里？"特米斯托克利说，难掩惊讶之情。

"将军，我急着要见你有两个原因。第一，我有大量情报向你通报，关于波斯军的动向，相信对你大有裨益。第二，我决定放下对你的仇恨和对抗。家园现在需要我们所有人，我来找你，让我作为一名普通士兵在你的指挥下战斗！"

特米斯托克利直视他的双眼,他的声音和表情让人感受到了真诚。

"我答应你!亚里斯泰迪斯,请说说第一件事,我洗耳恭听。"特米斯托克利说。

亚里斯泰迪斯接着说,他住在海边,他从家里看见了许多波斯战船,整整一支舰队。它们经过埃伊纳岛,往萨拉米斯南岸的方向驶去。他认为情况紧急,必须立即通报。

特米斯托克利脸上绽开了笑容。他转身看向透克洛斯,两人开心地摇头称是,明显松了一口气。

"我不明白,波斯军准备偷袭了,你们怎么这么高兴?"亚里斯泰迪斯说。

"我们去欧里拜德斯的帐篷吧,路上我向你解释。"特米斯托克利回答,示意透克洛斯跟上。他让亚里斯泰迪斯把看到的情况向欧里拜德斯一字不差地重复了一遍。

舰队总指挥官仔细听完亚里斯泰迪斯的讲述,立刻唤来所有秘书官,命令他们紧急召集联盟的所有将领来他的军帐。

等待将领们的时候,欧里拜德斯有些愤恨地瞪着透克洛斯。他给特米斯托克利做了个手势,让他到一边来,好跟他单独说几句话。

欧里拜德斯凑到特米斯托克利的耳边说:"很不幸,我侄女现在萨拉米斯。她是个不听话的孩子,任着性子从斯巴达跑来这儿,我在一号难民营安排了一户熟悉的人家照顾她。那边的人向我汇报，说你手下的一个年轻指挥官半夜悄悄去找我侄女，两人去了海边。我又打听了一圈，所说的指挥官肯定是你身后的年轻人，因为他们说他在午夜前骑马离开了军营。"

"我身后的年轻人？你是指透克洛斯指挥官？"

"应该是的。"欧里拜德斯说，还是一贯的霸道口吻。

"我的朋友，如果真是这样，你侄女太幸运了，能遇上他这样的年轻人。"

"哈哈哈。"欧里拜德斯放声大笑，捋了捋卷曲的长胡子，"雅典男人不可能和斯巴达女人合得来，更何况我侄女像头野兽。这孩子让我伤透脑筋，谁的话都不听，谁都瞧不上。我想她也会嫌弃你那位指挥官的，没有拳脚伺候就算不错了。"

"照我看，你侄女不听你的话，是因为你只会像士兵一样讲话，不像一个关心她的人。你还特别独断专行。"他用打趣的口吻接着说，"我的朋友，坏种子早在给你起名的时候就种下了：欧里拜德斯，意思是粗野、暴力、专制。"特米斯托克利笑了起来："我不了解你侄女，没法表态。至于透克洛斯嘛，我再说一次，他是个难得的年轻人，品行高尚。"

谈话突然被打断，几位将领已率先赶到，询问紧急召集的原因。

不一会儿，所有将领都聚集在欧里拜德斯的军帐外，一个个阴沉着脸。欧里拜德斯要他们安静听好，然后把亚里斯泰迪斯带来的情报重复了一遍。波斯人已经派舰队进入背面的海峡，他们被包围了。

明天就是大战拉开序幕的日子，海战将在萨拉米斯海峡打响。

将领们怀疑地看看欧里拜德斯，又看看特米斯托克利，说一切听上去像是骗局。尽管有目击者亚里斯泰迪斯作证，他们还是不相信这条情报。

科林斯的将军说，反对战争委员会决定的人都做好了准备，明天清晨，他们的舰队将出发前往科林斯地峡。

就在他说这番话时，恰好发生了一件事，仿佛是冥冥之中上天的安排。帕纳提欧斯指挥的蒂诺斯岛[1]战船从波斯舰队中逃出来，在两艘雅典战船的护送下刚刚停进了主港口。

一小队士兵跟随蒂诺斯岛的指挥官来到欧里拜德斯面前。将领们一脸惊讶，帕纳提欧斯当着他们的面，证实了亚里斯泰迪斯所说的一切，两百多艘波斯战船已进入萨拉米斯背面的海峡。

无处可逃！他们被包围了！所有人必须留在萨拉米斯开战。

事态突然逆转，伯罗奔尼撒的将领们面面相觑。科林斯的将军阿德曼托斯开口道："既然上天如此安排，那就顺应天意吧！我

---

[1] 蒂诺斯岛（Tinos），位于爱琴海南部，薛西斯一世入侵希腊期间，蒂诺斯岛人被迫在波斯军队中服役。

们开战！反抗波斯人！我们的战船为战争做好了准备。明天，在萨拉米斯海峡，整个希腊舰队将迎来重要的时刻。这又是一场为神意、为民意而战的战斗。"

"感谢守护神雅典娜。"特米斯托克利在心里默默说道。他相信向薛西斯透露消息是正确的做法，只有用这种方式，才能让希腊人团结起来！

将领们都回各自的帐篷去了，大战前必须抓紧完成最后的准备工作。

特米斯托克利示意透克洛斯跟着自己，边走边低声说："如果希腊人学会团结合作，我们能做大事！"

"您说得对，将军。"透克洛斯说。

"好吧，跟我说说，你是不是跟欧里拜德斯的侄女恋爱了？"特米斯托克利轻松地换了话题，嘴角挂着一丝狡黠的微笑。

透克洛斯愣住了，完全没料到他会问这个问题。消息怎么传得这么快，他想。短暂的沉默后，他回答："将军，怎么说呢？上天注定的事，突然之间就发生了！连我自己都没预料到。我坦诚回答您的问题，是的，我恋爱了。我从心底深爱着帕西法厄。就算她是斯巴达人，就算她是欧里拜德斯将军的侄女，我的爱也不会改变。"

"帕西法厄！多么美好的名字！希望你明白，透克洛斯，我相信你的道德和人品，你所做的一切都表现了你的完美。既然爱她，那就相信自己的真心！不管怎么说，爱是一种恩赐。"他特别强调了最后几个字，亲切地拍了拍透克洛斯的肩膀。

他们朝中心港走去，他已命令所有指挥官到那里集合，有话向他们交代。

左前方几米处，有个人背靠着树，俯身在莎草纸上写着什么。

"透克洛斯，我带你见见埃斯库罗斯，他是我们城邦的伟大人物。"他看着那个人说道。

那人抬起头，看到了他们，微笑着跟他们打招呼。

特米斯托克利告诉透克洛斯，埃斯库罗斯是雅典最伟大的悲剧诗人，他的悲剧无一例外都是佳作。他还是一位建筑师、导演和音乐家。

埃斯库罗斯约四十五岁，蓄着卷曲的长胡子，胡子和头发都有些花白。光看外表，就能猜到这人是学者。他的面相透露着斯文，双眼闪烁着非凡的智慧。他身穿灰色亚麻短袍，左肩搭着深蓝色披风。

透克洛斯崇拜他，尽管两人素未谋面。透克洛斯看过他的两部悲剧。他是唯一一位不再创作传统酒神颂[1]的诗人。

这人是天才。他以自己的方式推动了戏剧的发展。他的悲剧

---

[1] 酒神颂（dithyramb），古希腊的一种颂诗体裁，格律和内容必须服从于一套繁复的规则。此类作品常作为剧目上演，献给酒神、生殖之神狄俄尼索斯。

是戏剧艺术的革命，呈现出复杂、多面的表现形式，以强大的感染力和洞察力而闻名于世。

透克洛斯热情地同埃斯库罗斯握手，说自己很仰慕他，想拜读他的更多作品。

"你现在在写什么？"特米斯托克利问。

"我在写两部作品，"埃斯库罗斯说，笑着指向手中的莎草纸，"正在写的这部是历史题材，记录这场抗击波斯人的战争。另一部悲剧叫《被缚的普罗米修斯》，这次我不打算写人的故事，里面没有一个人物是普通凡人。"

"啊哈，"特米斯托克利说，"这么说，你的新作品里不会有人死去。真是天才！"

"哦，是啊！人是会死的，或者说，人认为自己是会死的。"埃斯库罗斯说，眼睛闪闪发亮。

过了一会儿，他看着特米斯托克利的眼睛，说："我听到一个坏消息，厄琉息斯的圣师快不行了。我想你也认识他，是吗？"

"厄琉息斯的哪个圣师？"透克洛斯突然一惊，焦急地睁大眼睛。

"我说的是厄琉息斯秘仪会的圣师科里顿。他不幸身患重病，生命垂危。没救了！他的医生是我们共同的朋友，悄悄告诉我的。"埃斯库罗斯回答道。

"哦，天啊，"透克洛斯喊道，"我几小时前还跟他在一起！他什么也没向我透露，"他伤心地说，"或许他告诉我了，但我没能理解他的意思。"他的声音充满悲伤，右手一把拽下脖子上科里顿送的护身符。

"你也加入了秘仪会？"埃斯库罗斯惊讶地问。

"还没有，但他很快会加入的，等我们跟波斯人算完这笔账以后。"特米斯托克利笑着说。

"我父亲获得了第三等级，他也是圣师科里顿的密友。"

"你父亲是谁？"埃斯库罗斯盯着透克洛斯的眼睛问。

"吕西亚斯的拉俄墨冬。很不幸，他已经离我而去，战死在马拉松。"透克洛斯回答。

"哦，人生充满了巧合！"埃斯库罗斯激动地感叹道，"吕西亚斯的拉俄墨冬，没错，是他，我对他非常熟悉！我们在秘仪会里属于同一等级，经常坐在一起。我还记得很多次漫长的交谈，特别是那些深奥难懂的。他聪明睿智，拥有深邃伟大的灵魂。"

"我了解圣师科里顿对他的情谊和欣赏。我曾和他并肩作战，说句心里话，你父亲的牺牲是光荣而勇敢的，我也期待像他那样死去。"埃斯库罗斯说。

透克洛斯心潮澎湃，忍不住流下热泪。

这位伟大的雅典学者不仅认识他父亲，还对他父亲作出了最高评价。他们都拥有秘仪会的最高等级，曾经无数次促膝长谈，圣师科里顿是他们共同的朋友和老师。

"我不怕死,"埃斯库罗斯继续说,"我爱我的家园,为她而死是我的无上光荣。也许正是这种无畏的精神和直视死亡的勇气给了我灵感,支撑我活下去。

"我认为我这一生最大的成就是参加马拉松战役,为希腊争得胜利,我的所有作品以及它们带给我的荣誉都远不及这项成就。我刚刚说了,我曾和你父亲并肩作战。"他看着透克洛斯,脸上带着一丝自豪。

"在马拉松战场上,我和两个兄弟阿美尼俄斯、西涅吉瑞斯[1]一起勇猛战斗。我哥哥西涅吉瑞斯非常了不起,他的力量足以对抗五个人,但这位强壮善战的勇士不幸牺牲了。令我欣慰的是,他为家园的自由献出了生命。"他把右手放在胸口心脏跳动的位置。

"我是那么爱他。上天赐给了我多少文才,就赐给了他多少武艺。他已经离开十年了,即使现在回到家,我还盼着见到他。"说到这里,他眼中闪烁着泪光。

"阿美尼俄斯,我的另一位兄弟,是勇敢无畏的指挥官。二十艘战船组成的舰队中,有一艘战船由他指挥。"

---

[1] 阿美尼俄斯(Ameinias)和西涅吉瑞斯(Cynaegirus)是埃斯库罗斯的亲兄弟。哥哥西涅吉瑞斯是雅典将军,弟弟阿美尼俄斯是战舰指挥官。公元前490年,兄弟三人参加马拉松战役,西涅吉瑞斯战死。

"站在你面前的正是这二十艘战船的总指挥官。"特米斯托克利说着指向透克洛斯。

"太巧了！我再次庆幸认识了你，年轻人。请看住我弟弟，因为，怎么说呢，面对死亡，他有种失去理性的无所畏惧，一发而不可收！我猜这种疯狂是家族传统吧。我向众神祈求，希望不要再失去一个兄弟。"

他用右手抓住脖子上挂着的一枚小银牌，笑着说："至于我自己，我总是戴着这个。如果战死，别人能认出我来。"小牌子上刻着姓名：欧福里翁[1]的埃斯库罗斯，科德里德家族，雅典城民。

"一般情况下，每个士兵都戴着这么一块牌子。"特米斯托克利说，匆忙向他道别，说他们不得不走了。

他也向他们道别，说但愿众神恩赐，能在下一次入会仪式上见到透克洛斯。

"祝您头脑充盈，灵感如泉常涌，写出更多美好的戏剧。"透克洛斯对他说。

"头脑充盈固然是好事，但真正有价值的东西还是来自心灵。"埃斯库罗斯朝离开的两人喊道。

雅典战船的指挥官们在中心港前方集合，左右排开，每边一

---

[1] 欧福里翁（Euphorion），埃斯库罗斯的父亲。埃斯库罗斯出生于一个贵族家庭。

百人,站成 L 形,好听清特米斯托克利说的话。"腓尼基人是我们的劲敌,"特米斯托克利对他们说,"苏尔和西顿的腓尼基战船速度快,船员是整个波斯舰队中经验最丰富的,这正是我们直击他们的原因。我们的任务是击溃他们的阵线,一旦腓尼基人失去对战争的把控,整个波斯军队都会士气大挫。希望各位竭尽全力!

"你们想要大显身手,没有比现在更好的机会了。这是史上最重要的海战,我由衷地相信,这也将是希腊人最光荣的战役。守护神雅典娜伴随在我们左右,让我们团结一心,为家园的自由奋勇战斗。这是一场重中之重的战役!"

指挥官们齐声哼唱起战歌:

> 向前进吧,希腊男儿,
> 解放家园,解放妻孩,
> 解放众神的祭坛,解放祖先的坟墓。
> 此战以后,再无战争。

两百人的歌声融合在一起,变成了一个声音,连成了一颗心。

特米斯托克利感谢所有指挥官,声音无比激动,最后说了一句"明天将是伟大的一天",便朝自己的军帐走去。

透克洛斯手下有十九名指挥官,他召集队伍,按照特米斯托克利为整个希腊舰队准备的作战计划,向指挥官们下达具体指令,包括开始阶段的整体行动，也包括后面阶段雅典舰队的单独行动。

结束后，透克洛斯走到阿美尼俄斯身旁，同他握手，告诉他舰队的布阵有细微调整，他的战船被安排到了最前面，在透克洛斯的战船旁边。

"我非常高兴，指挥官，你看到了我在这场海战中最合适的位置。对我来说，与波斯人作战是一场庆典。我天生就是打头阵的。我誓死守在你旁边。"阿美尼俄斯说。

接着，透克洛斯来到"雅典娜胜利"号的船头，向他自己的船员们发话，命令他们做好最后的准备工作，鼓励他们振奋士气，今晚带着微笑入眠，因为明天将是迎来胜利的伟大日子！

9

水手长尼坎卓斯

离开前,透克洛斯叫一个步兵把水手长尼坎卓斯从船上喊下来,他有话要说。米利亚斯的尼坎卓斯来自维拉维龙纳[1],三十五岁左右,高大威猛,战斗经验丰富,称得上真正的勇士。

他十分喜爱和欣赏透克洛斯。他们最近花了大量时间一起讨论"雅典娜胜利"号的作战细节,他把自己掌握的全部知识都教给了新指挥官。

透克洛斯是第一次担任指挥官,尼坎卓斯作为一位身经百战的副指挥官,是透克洛斯真正的良师。两人常常长谈数小时,分析作战计划,商量临场指挥时的诸多细节。不仅如此,作为船长和副船长,他们必须在每个细节上达成一致。假如形势需要,尼坎卓斯将代替透克洛斯进行指挥。

尼坎卓斯曾在之前的阿提密西安战役[2]中担任水手长,他认为那场海战使希腊舰队遭遇了毁灭性的重创。

海战在开阔的海域展开,波斯舰队迅速凭借数量上的巨大优势占据了上风。尽管希腊士兵英勇抗击,但最终还是败下阵来。

1　维拉维龙纳(Vravrona),位于希腊阿提卡地区东部沿海,是月神与狩猎女神阿尔忒弥斯(Artemis)的神殿所在地。
2　阿提密西安战役(Battle of Artemisium),公元前480年波斯王薛西斯一世入侵希腊期间的一次重要海战,与陆地上的温泉关战役同时打响。希腊联盟舰队与波斯海军在优卑亚岛附近的阿提密西安海峡中对战,以波斯海军胜利告终。

希腊舰队半数战船都被击沉,尼坎卓斯的战船就在其中。

他向透克洛斯详细讲述了那场海战的经过和失误。在被三艘敌船夹击的情况下,如果不保持安全距离,就有被击沉的风险。他们当时就是犯了这样的错误。

他们在追击一艘波斯战船时,船身一侧遭到附近两艘敌船的燃烧箭猛攻。火势逼迫大部分划桨手离开了岗位,他们的战船因此失去了灵活性和反应力,在敌人的猛烈进攻下,不到五分钟就沉没了。许多船员跳船逃生,被敌人的箭矢射中丧命。尼坎卓斯常说,他能生还简直是奇迹。

"雅典娜胜利"号是最后一批建造完成的战船之一,特米斯托克利把指挥权交给了透克洛斯,米利亚斯的尼坎卓斯担任水手长。

透克洛斯信任他,两人志同道合,彼此欣赏。

有一次他们在一起吃饭,尼坎卓斯说他佩服透克洛斯坚强的意志、深刻的思想和渊博的知识。

出于对透克洛斯的好感,他还介绍了自己的家人。他有位漂亮的妻子,名叫狄俄涅,他们生了两个小男孩。狄俄涅也是维拉维龙纳人。尼坎卓斯总是说,他的出生地是阿提卡最美丽的地方。他家的房子也在那里。

他不断邀请透克洛斯去家中做客,说他妻子不仅长得美,还做得一手好菜。

透克洛斯接受了邀请,一个多月前的周日去了一趟他家里。

为了避开暑热，他清晨出发，骑马前往维拉维龙纳，那里距离雅典大约150斯塔德[1]（弗隆[2]）。他向东穿过雅典远郊，经过弗利亚[3]，进入了乡村地带。

通往维拉维龙纳的道路两旁是大片大片的葡萄园和橄榄树林。

那是一个甜美的夏日，空气芬芳醉人。

维拉维龙纳供奉着女神阿尔忒弥斯，他从没拜访过那座著名的神庙。神庙离尼坎卓斯家很近，走几步路就到了，他决定先去神庙看看。

相传女神的第一座神庙是她的第一位祭司伊菲革涅亚[4]建造的。女神要拿伊菲革涅亚当祭品，否则迈锡尼舰队无法去特洛伊。当然了，女神不会允许这样的事发生，最后一刻救下了伊菲革涅亚，把她带到黑海边的蛮族之地[5]。多年后，伊菲革涅亚返回希

1　斯塔德（stadia），又译斯塔迪亚，古希腊长度单位。根据不同测量方式，斯塔德换算成米有不同结果，1斯塔德最短约等于157米，最长约等于209米。
2　弗隆（furlong），长度单位，1弗隆约等于201米，常用于赛马运动。
3　弗利亚（Flya），哈兰德里（Halandri）的古名，位于雅典东北部的郊区。
4　伊菲革涅亚（Iphigenia），希腊神话中阿伽门农（Agamemnon）和克吕泰涅斯特拉（Clytemnestra）的长女。阿伽门农不小心杀死了女神阿尔忒弥斯的一只圣鹿，阿尔忒弥斯要求阿伽门农献祭女儿伊菲革涅亚，否则将阻拦他的舰队去特洛伊参战。伊菲革涅亚在祭坛上突然消失，相传是阿尔忒弥斯最后救下了她，让她担任神庙祭司。
5　指位于黑海北部海边的陶里斯（Tauris），今属克里米亚半岛。陶里斯人是野蛮民族，他们杀死所有异族人，当作祭品献给女神阿尔忒弥斯。

腊，来到维拉维龙纳，作为女神的祭司奉献了一生。

道路延伸至海边，他看到了前方岩石堆砌的小海港。大海沐浴着阳光，波光粼粼，他永远热爱这片迷人的蓝色。

他骑马来到一条蜿蜒如蛇的小路上，穿过一片芦苇丛。到了路的尽头，前方是伊拉西诺斯河，不远处就是美丽的神庙。

他继续往前，穿过河上一座古典优雅的小桥。时值夏季，河水只是涓涓细流。

终于到了神庙跟前。白色大理石和周围大自然的绿意形成鲜明对比，让人印象深刻。前庭长满了绿草，看上去像一面巨大的绿色地毯。高大挺拔的金合欢树环绕在草坪边缘，仿佛不眠不休的守卫。

他翻身下马，把马拴好，随后来到神庙的入口，沿着一条鹅卵石铺成的小路朝右走，到了圣泉边上。美丽的石台上装饰着一只大理石雕刻而成的鹿，它是女神的圣兽，圣水从它的嘴里涌出。

他毕恭毕敬地清洗双手和脸庞。冰爽的泉水像是一种赐福，他真切感受到女神的力量和恩宠浸润心灵。他穿过入口，看到了那座美丽的小神庙，一根根多立克风格的大理石柱子巍然耸立。

他出神地走进神庙，在女神阿尔忒弥斯的雕像前驻足。雕像前的金属三脚架上燃烧着圣火。女神左手握着圣鹿的鹿角，右手举过肩，从背后的箭袋里取出一支箭。

据说神庙的第一位祭司伊菲革涅亚从黑海边的陶里斯带回了

女神的木雕像，她当时正是在这个位置安放了木雕像。

他满怀敬畏地望着女神美丽的面庞，心底深处感受到神圣的力量。这位沉静却狂野的女神是宙斯的女儿，是阿波罗的孪生姐姐，是自然和生命的保护神。

青春永驻的美丽女神自由自在地奔跑在森林之中，奔跑在物质和精神世界之间！他默默祈祷，请求女神指引道路，带他领悟大自然蕴含的美德和平衡。

他慢慢穿过神庙。左右两侧的金属三脚架上插着燃烧的火把。

出了后门，他来到一个宽敞的院子，满眼都是绿色。

他面前是一道Π形的拱廊，远处有许多祈祷室和神庙祭司的房间，拱廊里面和周围装饰着小巧的大理石雕像。

四周安静极了，耳朵只听到树叶的窸窣和鸟儿的啁啾。两个年轻的见习祭司静静地往两个大陶罐里盛水，脸颊晒得通红。他们把罐子抱回房间，几分钟后又返回泉水边。他站在那儿，看着两人第三次静静地往大罐子里盛水，心想这也许就是修炼耐心和自律。

离开前，他闭了一会儿眼睛，让自己感受女神圣地的神力。出去的路上，他往神庙的木头奉献箱里投了一枚银币。

他骑上马，继续往南走。

尼坎卓斯的房子是一座农舍，院子开阔，用木栅栏围起来，有一扇大大的双开木门。他正坐在木头露台上，看见透克洛斯来了。

他开心地站起来，朝妻子喊道："狄俄涅，他来了。"他跑过去打开大木门。

两人相互拥抱，朝房子走去，咯咯叫的鸡群在他们脚边跑来跑去。尼坎卓斯满脸笑容地说："欢迎来我们家，透克洛斯。房子很简陋，我们没多少钱，但我们有富足的爱，坐拥美丽的自然风光。而且这地方够大，我们可以自己种点蔬菜、柠檬和橙子，还养了一些鸡、一只山羊和两匹马。"

"太棒了，你们生活的地方很美！"透克洛斯正说着，狄俄涅微笑着从房子里走出来。

尼坎卓斯介绍他们认识。狄俄涅确实很漂亮，大大的碧眼，金色长发盘成了发髻。她面相和善，身上的黄色短袍把金发衬托得更加明亮。她和尼坎卓斯年龄相仿。

突然，他们听到孩子的声音，尼坎卓斯的两个儿子玩闹着出现在他们面前。"别动！"大儿子对透克洛斯大喊。他们手里握着芦苇秆，假装挥剑。

"慢着！"尼坎卓斯嚷道，"你们打错人了，这是我们军队的指挥官。听话，把剑放到脚前面，向指挥官清楚地报上名字。"

两个小家伙，一个五岁，一个六岁，摆出严肃的表情，认认真真把芦苇秆放到脚前，立正站好。

他们彼此对视一眼，一先一后说道："我是尼坎卓斯的亚里斯泰奥斯!""我是尼坎卓斯的克里奥米尼斯!"

"很高兴认识两位勇敢的士兵。"透克洛斯笑着说。

"玩去吧。"尼坎卓斯说,带透克洛斯坐到一把木椅上。

他拿来两只铜杯、一碗清水和一壶红葡萄酒。

"这里的葡萄酒美极了,透克洛斯,都是附近一带酿造的。"尼坎卓斯说。

"是的,我过来的路上看到了很多葡萄园。这对一个地方来说是一种恩赐。"

狄俄涅把美食端上桌,是一锅浓香四溢的鸡汤。她在桌子中间放了个托盘,上面是刚出炉的烤馅饼,搭配了新鲜蔬菜。

尼坎卓斯和狄俄涅期待着透克洛斯的评价,他一边品尝,一边说:"哦,两道菜都非常可口!我从没吃过这么美味的鸡汤和馅饼配蔬菜。"

他们一起高举酒杯。

"欢迎,透克洛斯,你来做客,我们倍感荣幸。"尼坎卓斯说。

"是我的荣幸,我很高兴来到这里!让我们为生命与和平干杯吧。疯狂的波斯王又来侵略我们,生命与和平在这个时代显得格外脆弱。"

他们品尝了醇美的红葡萄酒。吃完饭,狄俄涅剥了几个自家种的新鲜橙子。

两个男人走出屋子,坐在门廊上,望向院子。右边是马棚和井，左边是菜园，种着各种各样的蔬菜。左边木栅栏上方可以看见一座山，山上有一片小树林。

尼坎卓斯低声说道："透克洛斯，我很少跟狄俄涅谈论战争的事，也不提最近在阿提密西安的经历。她已经很害怕了，我不想再吓到她。刚才我不在饭桌上谈论疯子薛西斯，也是出于这个原因。很不幸，对付他并不容易，但我们不得不再次面对他。特米斯托克利预见了我们在萨拉米斯海峡作战的优势，希望一切能如他所料。不管怎样，薛西斯的战船数量是我们的四倍，也就是说，我们的一艘战船必须抗击四艘波斯战船。"

"相信将军吧！我们做好应该做的事，保卫家园，捍卫自由。"透克洛斯说。

尼坎卓斯直视他的眼睛，自豪地说："我的船长如此勇敢无畏，我太开心了！好吧，我们一起为胜利而战。"他和透克洛斯握手。

他们又讨论了许多话题，包括"雅典娜胜利"号，尤其是各种战术和作战计划。

时间一点点过去。午后，透克洛斯向主人表示感谢，骑上马，动身返回雅典。

"船长，你找我?"尼坎卓斯走出战船，低沉的声音打断了透克洛斯脑海里涌动的思绪。

透克洛斯让他走近一些，握住他的肩膀，看着他的眼睛，低声说:"尼坎卓斯,我有件非常私密的事需要你帮忙。"

"什么事都行,透克洛斯,你可以完全信任我。"尼坎卓斯说。

"我要花几小时去见我的爱人,她在一号难民营。我已经向士兵们下达了命令,不会有问题,但为了明天的战斗,我们必须时刻保持警惕。万一有任何状况,希望你能派人给我送个信。"

"好的,别担心,"尼坎卓斯说,"如果需要,我会派赫米亚斯去。他是我的心腹,是步兵预备队的,不用上战船。"

"我会在一个小海湾,从一号难民营的大门往东走3斯塔德就到了。我骑马过去。"

"去吧,见见她,抱紧她,告诉她一切都会没事,向她发誓说你一定会回来。三天前,我也是这么对我的爱人说的。我紧紧抱着狄俄涅,告诉她不要害怕,我很快会回到她身边。不管我说什么,狄俄涅还是哭个不停。女人永远不相信我们的话。"他笑着说,试图用玩笑冲淡凝重的气氛。

过了一会儿,透克洛斯骑着阿斯提尔出了马厩。他向南疾驰,脑中和心里装的只有她!

他手下的许多士兵和船员都把妻儿送到埃伊纳或特洛艾森的难民营去了。

这些人全心全力投入战斗,为了保卫家园,也为了保卫家人,他想。可是,他没有家人。

父亲战死后的十年是他最孤独的十年。和父亲在一起能弥补失去母亲的痛苦,自从父亲也离他而去,他孤身一人,无心社交,无心交友,无心恋爱。

不过现在不同了,他想,思绪又跳回到爱人身上。

他深爱着帕西法厄!虽然她还不是他过门的妻子,但在他心里她已经是了!

直到昨天,他还只是为家园而战,而现在,他有了她,他心爱的女人,他一生的挚爱。

他会为了家园和爱人战斗!

10

安菲索

安菲索二十三岁,年轻漂亮,来自雅典。她身材瘦小,一头卷曲的黑发常常用丝带扎在脑后。她的脸庞精致而甜美,眼神透着一抹淡淡的忧郁。

她嫁给了克里奥米尼斯,他是雅典战舰上的弓箭手。

她和两个孩子暂时住在难民营的一座木房子里,正对着帕西法厄的房子。

两个女人经常见面聊天。她们很高兴地发现,尽管出身不同,遵从的社会规范也不同,她们却有很多相同的观念和想法,总有说不完的话。

两人成了好朋友,惺惺相惜,彼此信任。安菲索最近告诉帕西法厄,她以有帕西法厄这样的朋友为荣。

那天早上,帕西法厄给安菲索送去一盘甜点,是她寄住的那家人做的,她想让安菲索和孩子们尝尝。

安菲索开心地说,她打算把自己的一件短袍送给她。她跑回屋子,取来一件美丽的淡蓝色雅典短袍。

她们之前聊过,帕西法厄穿的袍子太短了,难民营的人总是盯着她看。

"这件袍子是我送你的礼物,"她对帕西法厄说,"我只穿过一次,我没别的什么可以送你了。"

帕西法厄紧紧拥抱她,感谢她。安菲索是她在这地方的唯一朋友。

"非常感谢你,亲爱的,太感动了,"她说,"我今天一回家就换上它。"

她们坐下来聊了一会儿,话题转向即将打响的战争。她们都为自己的爱人感到焦虑不安,但处理焦虑的方式却大不相同。

雅典女人和斯巴达女人面对恐惧和不安时的反应很不一样,从这一点可以看出两者的巨大差异。

除了社会影响和性格塑造上的原因,安菲索对于感性的事情总是表现出"脆弱"的一面,这也使她们之间的差异显得更大。

"我再也承受不了死亡了,"她害怕地说,"我已经失去了双亲。我父亲在马拉松战役中牺牲。两年后,我母亲悲伤过度而死。现在,死亡的旋风又向我们的爱人袭来。我为克里奥米尼斯祈祷。一想到他可能会牺牲,只剩下我和两个年幼的孩子,我就吓得浑身发抖。"

"我懂,我也感同身受。"帕西法厄继续说,"死亡是个奇怪的东西,像毒药一样伤害人心。可是我们什么时候死,只有神能决定。明白这一点非常重要。生命的开始和终结并不是掌握在我们手中。"

"你说的没错,但我又怎能不向神明抱怨呢?仅仅两年时间,我失去了父母。我的心到现在还像被撕碎了一样。知道吗?这么多年过去了,我还是难以入眠,一闭上眼就看到父亲的葬礼,听到母亲和送葬人的哀号,怎么也睡不着。然后我又想到母亲的死,想到自己为他们恸哭。

"多少次,我一回忆起这些就泪流不止。我学会了默默哭泣,因为我不想吵醒克里奥米尼斯,想让疲惫的他晚上睡个好觉。尽管已经过去了很多年,但失去双亲的痛苦真是让人难以承受。"

"失去至亲至爱的时候,我们都有相同的煎熬,"帕西法厄说,轻轻把手放在她肩头,"我们斯巴达人也会痛苦,但我们明白,沉浸在无休止的痛苦中无法改变任何事。所以我们学会了把哭泣和哀悼放在心里,表现出来的只有自豪、欣赏和敬意,深深地感谢神的赐福,让我们和逝者共度过一段美好时光。

"有两个对我很重要的人就要去和波斯人交战。一个是欧里拜德斯将军,现在难民营的人都知道他是我叔叔。另一个捕获了我的心,还没人知道他是谁。我的爱人是一位雅典战士。"她说,微笑看着安菲索。

"真的?"安菲索兴奋地问,对刚刚听到的事充满好奇,"帕西法厄,给我讲讲你的爱人吧,求求你了。你可以信任我,你说的每句话都是我们之间的秘密。"

"好吧,上天注定我和他在一起,就像我和你注定相识一样。"帕西法厄笑着对她说,"每个斯巴达人都说,我们跟雅典人永远不可能成为真正的朋友,但你就是我真正的朋友,而且我的爱人是一位雅典战士,他名叫透克洛斯。

"你瞧,亲爱的,上天赐给我们机会,让我们超越自私,超越固有思维，去理解它们无法接受的事物。判别一个人不应该看出身，而应该看品性。只要睁开心灵的眼睛，就很容易认识到这一点，生活中也会有亲身体验。

"拿我们俩来说吧，意料之外的友情已经验证了这一点。友情刚刚开始的时候，我和你都很吃惊。我从没想到会交一个雅典朋友，我知道你也从没料到会有一个来自斯巴达的朋友。"

"哦，是的，你说得很对，也很好。我喜欢听你讲话，亲爱的。我们的友情确实不可思议，像阳光一样灿烂。我感觉和你在一起，我变成了更好的人。我很幸运遇到了你。"她说，轻柔地拍了拍帕西法厄的手，"跟我说说透克洛斯吧。你们怎么认识的？他长得怎么样？英俊吗？快说说吧。"

"我们在比雷埃夫斯偶遇。他在去战船的路上，而我第一次去那里，正好奇地到处走走看看。我当时望着大海出了神，一开始还以为他想骚扰我。但恰恰相反，他教会我爱的真谛。"她面带微笑地说。

"他像阿波罗一样俊美，拥有金子般的心灵和完美无瑕的人品。我们相遇的那一刻，他的精神和能量彻底征服了我。我不只是爱他，我感觉身体的一分一寸都属于他，流动的血液轻声地呼唤着他的名字。"

"哦，天啊，多么美妙的爱情，充满了奇迹和激情。你的话让我心跳加快。"安菲索激动地说。

"我知道你的爱情也很美妙,我能从你身上感觉出来。现在轮到我提问了,你是怎么遇见你的爱人的?"帕西法厄开心地笑着说。

"哦,那是个非常甜蜜的故事。"安菲索温柔地说,双眸闪闪发亮,"还在雅典的时候,我帮父亲在集市的摊位上卖水果。他偶然去过一次,看到了我,后来每天都会来买水果,总是看着我微笑。几天后,他来到我身边,当时不怎么忙,我们俩就聊了一会儿,我看着他入了迷。

"一天,他穿得整整齐齐地来了,背后藏着一枝漂亮的红玫瑰。他靠近我,把花送给我,在我耳边轻轻说:'安菲索,我爱你。'故事就是这样。他的话点燃了我生命深处的烈焰,给我的心灵注入了生命。我一直很喜欢他,当他向我袒露爱意时,我疯狂地爱上了他。我在克里奥米尼斯身上找到了自己的另一半,他是我命中注定的爱人,我全心全意爱着他。"

"确实是个非常甜蜜的故事,"帕西法厄笑着说,"朋友,我真为你高兴,你和深爱的人组成了这么幸福的家庭。"

"你呢?有什么打算?你会跟他结婚,留在雅典吗?永远离开斯巴达?"安菲索问。

"他就是我的家,他在哪里,我的家就在哪里。"帕西法厄说,"我祈祷我们希腊人打赢战争,我和透克洛斯能自由自在地去爱、去生活。我们唯一能做的是祈求众神保佑我们的爱人。"

"是啊,是啊,你说得很对。"安菲索的语气透露着恐惧。

帕西法厄靠过去,把她搂进怀里。她像小孩子一样把头枕在帕西法厄的肩头,闭上了眼。哦,神啊,她多么希望波斯人没有发动这场可怕的战争。

两个女人闭着眼,久久拥抱在一起。一个斯巴达人,一个雅典人,两个希腊的女儿,心中各有各的思绪和忧虑。

帕西法厄离开了。几小时后,安菲索坐在小小的木阳台上,手撑着脑袋,哭成了泪人。她感觉她的心害怕得揪成了一团,阴郁的思绪蔓延,赶走了所有冷静和希望。

她刚才冲孩子们怒吼,命令他们安静地坐在家里,她需要独处一会儿。两个小男孩吵了起来,不明白母亲为什么把他们锁在屋里,不让他们出去跟难民营的其他孩子一起玩耍。

下午太阳落山前,帕西法厄换上了新短袍,这是朋友送给她的礼物,穿着有点紧,但她丝毫不在乎。她看上去美极了,淡蓝色的衣服衬着明媚的脸庞和漆黑的长发,形成了美妙的对比。

她心里想的只有他,迫不及待想再次见到他。

她打算去难民营门口等他。她推开木屋的门,走了出去,心怦怦直跳。

她朝对面望去,希望能看到安菲索。她很想让安菲索看看自己送的美丽蓝袍穿在她身上的样子。她向安菲索的家走了几步,听到了哭声。

她又走近了一些，看到安菲索坐在木阳台上，头埋在膝盖里，一头卷曲的秀发披散在背后和腿上。

"安菲索，亲爱的，别哭了。"帕西法厄在她身边坐下，把她拥入怀中。

她把头靠在帕西法厄的肩上，哭得更大声了。

帕西法厄温柔地抚摸她的头，抚摸长长的卷发。朋友的哭声在她心中引起了共鸣。对死亡和失去的恐惧是那么的强烈。

如果她也向恐惧低头，它会将她吞噬。

"恐惧是偷走生命的盗贼，"帕西法厄把朋友抱得更紧了，在她耳边轻声说道，"生命是现在，是此刻，不是过去，也不是未来。恐惧是偷走生命的恶魔，不让我们活在当下！我们不能任由它恣意妄为。"

听到这些话，女人不再放声大哭，只是偶尔啜泣几声。她睁开眼，看着帕西法厄，说："谢谢你！"

屋里传来两个男孩的吵闹声。他们朝母亲喊叫，嚷着要出门玩一会儿，太阳落山再回来。

"让他们跟着我吧，"帕西法厄说，"我要去难民营门口等透克洛斯，不知道要等多久。我可以带着孩子们，让他们玩一会儿。你去洗洗脸，擦擦红眼睛，躺下来休息一下。请照顾好自己，这是你现在必须做的事，直到战争的风暴过去为止。"

她先站起身，然后把安菲索扶了起来。她们面对面站着。

两个年轻的希腊好友互相看着对方,眼神充满爱和理解。明天的一切都是未知数,她们自己的生死也不例外。她们都明白这一点,但内心绝不能恐惧,不能成为生命盗贼的帮凶。

帕西法厄紧紧握着朋友的手,安菲索笑着点点头,为哭闹的孩子们打开了门。

11

最后一面

他骑马飞驰而来,心里充满期待和快乐,马上又能见到她了,远远地可以看到难民营的大门。

她坐在大门旁,身边有两个小孩子。她在跟他们说着什么,他们笑得很开心。

他跳下马,走过去。她抬起明媚的脸庞,朝他露出甜美的微笑。

她穿着一件漂亮的淡蓝色短袍,短袍紧贴着她美丽的身体。他注意到,这次的袍子变长了,一直垂到了膝盖。"她学得挺快,现在不会诱惑到任何人了。"这是他脑子里冒出来的第一个想法。雅典社会讲究道德规范,但其实我们是大大的伪君子,他边想边笑了起来。

帕西法厄亲吻了孩子们,说他们很快会再见,然后站了起来。

他脸上一直挂着微笑,视线一刻也没离开她。

"喜欢我的新短袍吗?是跟我坐一起的孩子们的母亲送给我的。因为她比我瘦,我穿起来有点紧,但它很长。"她露出一脸灿烂的笑容,摸了摸几乎遮住膝盖的下摆。

"你美妙,可爱,甜蜜,令人沉醉,充满魅惑,就像希腊的大海。"他温柔地说。

"像大海?"她笑着问道。

"是的,是的,像大海!看到你的时候,我已经沉迷其中,但神奇的是,别人的沉迷是真的迷失自我,而我为你沉迷,却发现自己比以前更有活力、更加真实。"

"哈哈哈，你有点疯魔了，但我太喜欢你了，不会介意的。"她打趣地说，双手轻柔地捧住他俊美的脸。

"疯魔的阿波罗。"她轻声说道，深深望进他的眼睛。

"美丽的太阳的女儿，爱干坏事的女儿。"他笑着回应，轻轻吻了她一下，扶她骑上阿斯提尔。

他一跃跳上马背，坐在她身后，马儿缓慢地迈步前行。

他的脸挨着她一头漂亮的乌黑长发。他往前倾，把脸贴在她的头发上，深吸一口气。爱人的发香闻起来宛如天堂，他想。

他闭上眼，双臂环抱着她的腰，轻抚挚爱的身体，低头在她的右肩留下温柔一吻。

他们来到海边，那是属于他们的小海湾。他先跳下马，随后扶她下来。

他把阿斯提尔拴在一棵高大的石楠树上，他们手牵手向大海走去。

周围一个人都没有。他们脱掉鞋子，双脚浸入海水中。今天的海水很凉，甚至有点冷。他把她抱在怀里，她闭上眼，说："透克洛斯，我爱你！跟你在一起，我的心充盈起来，周围的一切、内心的一切都变得更加美好。你总是带给我惊喜，超出我的期待。现在我明白了，我等待的人就是你，你是我今生今世的伴侣。可是，天啊，尽管我是斯巴达人，我也为明天感到心痛。

"不，我并不害怕，我们斯巴达人不允许害怕。可是啊，我用灵魂的全部力量祈祷，希望时间在此刻停止！我闭上眼睛，我想把我们共度的所有时光深深刻在心里，这样它们就永远不会消逝。"

"我明白，我的爱人。"他一边思考她的话，一边说。

他看着她，她一直闭着双眼。她比以前更美了！他也会像她说的那样做，把她的脸庞深深烙印在心里！

他的手臂绕在她腰间，紧紧搂住她。他们在沙滩上走了五十多米，来到小海湾的边缘，双脚被海浪浸湿。海湾尽头是一些崎岖的礁石。他们转身往回走。

太阳快要落到山后了，大海在余晖下闪闪发光。

他们到了海湾另一头的礁石边。

她用力抱紧他，柔软的唇寻觅着他的唇。甜蜜的爱之吻令他们头脑一片空白，心脏怦怦直跳，两个生命在此刻拥有了相同的节奏。

星星出现在夜空中，柔和的风拂过他们的脸颊，他们彼此相拥，望向天空。

"你脖子上戴的东西真漂亮，是什么？"她说，"我之前就想问你了。看上去像护身符！"

"对，是护身符。圣师科里顿送给我的，他是伟大的老师和祭司，一个杰出的人。"他说，眼睛一直望着夜空。

"能告诉我它的意义吗?"她用手指抚摸它,问道。

他把绳子穿过头顶,取下护身符递给她,她好奇地欣赏着。"太好看了,"她说,"上面刻着女神德墨忒尔,还有保佑的话。"

"是的,圣师也是这样说的。只要戴着它,我会一直受到德墨忒尔的庇佑,她会永远把我和冥王哈迪斯[1]隔开,绝不让他带走我!"

"快戴回去,我的爱人,永远戴着它,"她说,把绳子套在他的脖子上,"我们都需要众神保佑,但你更需要,尤其是明天。"她努力掩饰声音里的担忧。

他们默默地待了一会儿。

"我喜欢这样的宁静!只听得到我们的呼吸,只听得到海浪有节奏地抚摸我们的双脚,膜拜我们的爱情。"透克洛斯低声说。

"我很高兴,我们有相同的喜好,有许多的共同点,"帕西法厄的声音里洋溢着欢乐,"我和你一样热爱自然,喜欢安静。我还发现,你也战胜了物质!幸运的是,魅力四射的女巫喀耳刻没能诱你上钩,我是唯一诱惑你的人!我庆幸自己没有遇到情敌。"她顽皮地说,双眼在黑暗中闪闪发亮。

他握住她美丽的手,看着她纤细的手指,说:"你的一切都诱

---

1 哈迪斯(Hades),希腊神话中的十二主神之一,掌管冥府。

惑着我。在我眼里，你完美无瑕。看着你的手，我才意识到从没见过这么细巧柔美的手指。"

"说得好，"她笑着回应，"我对你的鼻子也有同感。"她开玩笑地摸了摸他的鼻子。"接着说，告诉我你还喜欢我什么，我已经想好你还有什么地方让我痴迷了！"她一脸狡黠地说。

"哦，天啊，你心里的小恶魔迫不及待想钻出来了，爱干坏事的女儿。"他放声大笑。

"快说呀，快说呀……我还有什么地方让你痴迷？"她轻轻咬着下嘴唇，装作很认真的样子。

"哦，一切！亲爱的，你的一切！我爱你的眼睛，你的嘴唇，你的头发，你的身体让我疯狂。但更重要的是，我爱你内在的本质，我爱你灵魂的光芒。"他既激动又严肃地说，"我必须非常小心，进入我内心的不只是你的外表，不只是你美丽诱人的身体，更多的是你灿烂的灵魂。我深爱的是你不朽的本质，是你散发的能量，帕西法厄。"

他继续说："要知道，我们人类是外表的囚徒，但外表就像湖面转瞬即逝的倒影。青春流逝，外在的美会消失，而内心真正的美将永存。有些人沉迷于外表，活在物质的控制下，必定会走上幻觉和表象的道路。幻觉是危险的陷阱，它给人以虚假的真实。

"这些人虽然醒着，却活在梦境中，以为自己明白一切，以为自己看到了真实，但灵魂的眼睛一直紧闭着。就这样，幻觉成了真实,他们无法区分真实和虚假。我们无论如何要保持觉醒,让灵魂唤醒我们。秘仪真理对此大有帮助。"

"好吧,我只想开个玩笑,你却给出了富有哲理的回答。我必须承认,听你讲话,我永远不会感到厌倦。"她露出迷人的微笑,"透克洛斯,我向你学习,我很高兴你是一个有精神深度的人。我带着无限爱慕,把你当作爱人,也带着万分谦恭,把你当作老师。至于秘仪真理,你说得没错,现在我明白了,它们是通往觉悟的重要途径。"

"你读荷马的《奥德赛》,这是很好的起点,"他说,"读完后,我推荐你读一读赫拉克勒斯的试炼[1],你同样会发现通向精神升华的秘仪真理。整个希腊神话富含象征意义,隐藏着深奥的哲理和精神的启示。

"赫拉克勒斯拥有觉醒的灵魂,他倾听内心,沿着灵魂指引的道路,逆流而上,完成了一开始看上去不可能完成的任务。他历经了十二试炼,这也是追寻秘仪真理的过程。一旦成功,他会进入众神的国度。"

---

[1] 赫拉克勒斯(Hercules),古希腊神话中的英雄,神王宙斯和人类女性之子,半人半神。因遭到宙斯妻子赫拉的诅咒,在疯狂中失手杀子。赫拉克勒斯为了赎罪,完成了十二项不可能完成的任务,即"十二试炼"(the Twelve Labours),死后升入奥林匹斯山,被宙斯封为大力神。

"哦,"她大声说,"半人半神的赫拉克勒斯和他的功绩,我小时候在斯巴达的学校里学过。那个故事像美好的童话,英雄历尽艰难险阻,最终获得胜利。我想起了那些试炼,但还是没法领悟其中的秘仪真理。比如,巨狮尼密阿,勒拿九头蛇,还有斯廷法罗斯湖怪鸟[1]。自己一个人很难发觉象征意义,不是吗?"

"当然难了,"透克洛斯表示同意,"这就是为什么我们需要老师和圣师。我可以为你大致讲讲赫拉克勒斯,简单解释一下你提到的三项试炼。"

"太好了!谢谢!我很想学习这些。"她说着,亲了他一下作为感谢。

"赫拉克勒斯象征我们每个人。他是半神,跟我们每个人一样,同时拥有神性和人性。人被自身邪恶的动物本能和内在的暴力折磨着。这位英雄必须完成的试炼存在于我们的内心。在通往精神升华的道路上,我们的人格,也就是自我意识,需要完成这些试炼。

"每一项试炼都是一次进步,一次精神的启示。当我们完成试炼,获得精神的启示,美德会发出光芒,照亮我们内在的神性。

---

[1] 巨狮尼密阿(Lion of Nemea)、勒拿九头蛇(Lernaean Hydra)、斯廷法罗斯湖怪鸟(Stymphalian Birds)均为赫拉克勒斯在十二试炼中必须战胜的强大怪物。

通往美德的道路漫长、艰辛又复杂,但我们必须走这条路。"他说,注意到她正听得入神。

"在为你解读巨狮尼密阿之前,我需要一个拥抱。"他打趣道。

"只要一个拥抱?"她笑着说,美丽的眼睛在黑暗中闪烁。她紧紧抱住他,柔软的唇紧紧贴着他的唇。他感觉她像一团烈焰燃烧他的全身。

她的吻无比甜蜜,令他沉醉。

"有这样的鼓励,我可以永远跟你聊下去。"他笑着说。

"那我会用最甜蜜的方法鼓励你!好啦,跟我说说那头狮子吧。"她扮了个俏皮的鬼脸。

"巨狮尼密阿不是寻常的狮子,"他开始解释道,"人们反复尝试杀死它,都失败了,箭矢和长矛甚至连它的皮都刺不穿。可怕的狮子吞噬人类和动物,令那一带的所有人心惊胆战。它是个永久的威胁,无法被战胜。赫拉克勒斯接受的第一项试炼就是杀死这只恐怖的狮子。他知道箭矢、刀剑和长矛都毫无用武之地,于是躲进一条窄道里,等狮子出现后,用强壮的双手抓住它的咽喉,掐死了它,然后剥下狮皮,披在肩上。

"神话背后的象征意义可以这样来解读,"他继续说,"巨狮尼密阿是愤怒!你见过满腔怒火、气得发疯的人是什么样子吗?"他开玩笑看着她,扮出愤怒无比的鬼脸。"就像一头狮子,连头发都像狮毛一样竖起来。"

"我们无法用逻辑和论据击败愤怒,箭矢和长矛代表的正是这两样事物,因为它们跟逻辑一样,刺穿空气,击中目标。赫拉克勒斯使用了窒息法,成功击败了怪兽。也就是说,狮子死于无法呼吸,缺少空气!

"在精神境界中,我们知道'人的注意力在哪里,生命就在哪里'。我们的注意力具有赋予生命的力量,为每一个心境提供氧气和食物。因此,掐死可怕的狮子意味着从它身上挪走注意力,让它气竭而亡。也就是说,拒绝为愤怒的魔鬼提供养分,不让它通过注意力偷走生命的能量。

"愤怒是魔鬼,只能用这种方法击败。逻辑完全派不上用场。我认为用逻辑对付愤怒犹如火上浇油!只要注意力在它身上,魔鬼就占了上风。

"打败巨狮后,赫拉克勒斯把狮头挂在身上,表明他击败了内心的愤怒,但不会屈服于那些只懂得施加威胁和恐惧的人。精神境界低的人有很多,如果必须面对他们,他会把可怕的狮头套在脑袋上,用他们懂得的方式给他们上一课。"

"哦,天呐,这样解释愤怒、解释克服愤怒的方法很生动,去象征化后带给我们的精神启示也非常有力。"她兴奋地说。

"确实,"透克洛斯赞同道,"这就是希腊哲学和秘仪真理中隐藏的无价财富。书写总是带有寓意,真正的内涵往往藏在深层。也许正因如此,简单的故事更容易被潜意识记录下来,等待着去象征化的火花,点燃精神启示的功能。"

"跟我讲讲另外两项试炼吧,勒拿九头蛇和斯廷法罗斯湖怪鸟。"她说,声音带着无法抑制的渴望,她想要听到更多。

"当然可以。"他说,随后开始讲述,"赫拉克勒斯接受的另一项试炼是杀死九头蛇。勒拿九头蛇是一个可怕的怪物,长着九个脑袋,吃人,呼出的气能把人烧死。它住在古老的勒拿湖里。

"一开始,赫拉克勒斯朝它放箭,迫使它现身反击。接着,他尝试用剑砍下那些恐怖的脑袋,但令他震惊的是,每砍掉一个脑袋,就有两个新脑袋长出来。他和随从伊奥劳斯[1]商量,想找到杀死怪兽的方法。

"他们果真想出了法子。伊奥劳斯点燃了附近的树林,把燃烧的树枝递给赫拉克勒斯。赫拉克勒斯每砍下一颗脑袋,就用火把灼烧砍断的地方。就这样,英雄成功杀死了恶魔。离开前,他把箭矢蘸进怪兽的血液中,箭矢沾上了剧毒,极具杀伤力。"

"这一项试炼的解读也同样有力。"透克洛斯继续说,"勒拿九头蛇是贪婪的欲望,它住的勒拿湖是人的内心。

"九个脑袋象征各种恶魔般的欲望。欲望是隐藏在每个人内心的怪物,使人迷失,不停驱使人们消耗自身来实现它们。欲望无

---

[1] 伊奥劳斯(Iolaus),赫拉克勒斯的侄子。

穷无尽，永不让人感到满足和宁静。一个欲望实现了，不仅没有快乐的感觉，反而在脑子里催生出两三个新的欲望。可怕的贪婪怪物在脑子里作祟，人们变成了它的奴隶，用毕生时间去追逐低级目标，就这样被贪婪吞噬。最严重的问题是，它会剥夺你获得精神提升的每一个机会。

"赫拉克勒斯的助手伊奥劳斯是神派来的精灵，向追求美德的人提供帮助。箭和剑代表赫拉克勒斯斩断蛇头、斩断欲望的决心。但光凭决心无法赢下这场艰难的战斗，还需要火。火象征着神性，火能带来净化和清洁。赫拉克勒斯正在接近神性，还没有真正获得它，所以神派来的精灵助手把火给了他。

"英雄杀死怪物后，把箭矢蘸进血中，箭成了毒箭。这意味着当一个人击败欲望后，他的精神会变得强大，他的思想会变得锋利而不可战胜。"

"我爱上了你的头脑。我相信你也成功杀死了住在你心里的勒拿九头蛇。"帕西法厄甜甜地微笑着说，"我们去沙滩上散散步，好吗？你再跟我讲讲斯廷法罗斯湖怪鸟的故事？"

"同意。"他回答，站了起来。他们没穿鞋子，海浪拍碎在沙滩上，冲湿了他们的脚。他们慢慢朝海湾另一头走去，他继续讲述："斯廷法罗斯湖位于阿卡狄亚地区的东北边界一带。远古时候，那儿住着一群古怪又危险的鸟，长得很像母鸡，栖息在湖岸上茂密的树林和灌木丛里，附近的住民称它们为斯廷法罗斯湖的怪鸟。它们生着尖翅膀和铁喙，脚爪像长长的尖刺，它们以人肉为食。

"赫拉克勒斯接受的伟大试炼之一就是要杀死这些恐怖的食人鸟。他来到湖边，但怎么也找不到怪鸟。这时，女神雅典娜出现了，告诉他完成任务的方法，给了他两个大铜钹。赫拉克勒斯开始用铜钹制造巨大的噪音。怪鸟们从栖身处飞出来，他用蘸了蛇血的毒箭把它们全部射死了。

"这项试炼蕴含的秘仪真理是这样的：斯廷法罗斯湖的怪鸟象征各种邪恶的恶魔，比如怨恨、嫉妒、恶行、自私、利己、虚荣、贪婪、妒忌等等。它们像怪鸟一样突然冒出来，伤害那些遭受它们攻击的人，也伤害那些心里装着它们的人。潜修者为了击败这些恶魔，必须先完成九头蛇的试炼。只有先消灭各种不理智的欲望恶魔，才能用理性消除这些恶毒的习性和态度。

"这时候的英雄已经相当强大，食人鸟不敢贸然袭击。它们躲了起来，但不代表它们不存在。凭借智慧和雅典娜女神的帮助，他用两个铜钹引出怪鸟，击败了它们，两个铜钹象征着他的两个脑叶。通过内省、警醒和观察，潜修者能发现这些有害的看法、思想和行为，将它们铲除。发现它们并不是容易的事，因为它们是人性的一部分。完成这次试炼，赫拉克勒斯顺利摆脱了灵魂的毒药。"

"太震撼了！透克洛斯，这个试炼也一样精彩！我从心底感谢你。"她说。他们走到沙滩尽头的礁石边,又折返回来。

他紧紧搂着她的腰。夜色中,她的长发像乌木一样黑亮,垂落下来,盖住了他的手。

明月宛如金盘,又一次高高挂在空中。大海宛如黑色的魔毯,在月光下闪闪发亮。海面上一条金光小路在他们面前延伸开来。

他指向大海,说:"看,就是这条金色小路,赤身男人沿着它走下去,能找到世上最美的女人,那个与他相伴终生的女人。"

她温柔地对他微笑,用调侃的口吻说:"也许我应该再去金色小路的尽头,这样你就会裸着身子来找我。我还没有像你一样坦白过,但我现在就要说出来。我真的很喜欢你的身体,它让我疯狂。"

"哦!"他惊讶地说,接着用同样调侃的口吻,即兴吟出一首押韵诗:

> 快快游向月亮,
> 向着四射的光芒,
> 爱情来临,令你沉沦,
> 欲望转瞬,快乐永存。

"哈哈,"她放声大笑,"你太不可思议了!可你不该对一个斯巴达女人说这样的话。"她喊着,扯开袍子一侧的接缝,脱下紧身的淡蓝色外袍。她赤裸着身子奔跑,一头扎进海里,在水下潜泳。

她在那条金光小路的尽头冒出水面,呼喊道:"透克洛斯,我的爱人!"她想了想,也吟出一首押韵诗:

  快快游向月亮,
  帕西法厄绽放光芒,
  她想给予,又想获得,
  她想分享天堂般的快乐。

她的四行诗念到最后几个词时,他已经跑进了海里。

他径直往前游,游向月亮,却发现自己面前站着太阳的女儿。

他用力抱紧她,海水顺着他俊美的脸庞流下。

海水比头一天更凉。

她拼命贴紧他,用双臂抱住他强壮的肩膀。月亮的孩子们开始跳起古老而疯狂的舞蹈!

一道明亮的闪光直击璀璨银河的最深处!在剧烈的震颤中,银河一分为二,前面是闪闪银光,后面是生命长河[1]。

---

1 原文字面意思为"前面是牛奶,后面是价值"。希腊语中银河一词为 galaxia,前半部分的 gala 本义为牛奶,后半部分的 axia 本义为价值。

他们从海里出来，跑向放衣服的地方。他用自己的披风裹住她，夜晚有些冷，她的身体阵阵发抖。

两人擦干身体，重新穿上衣服。他温柔地用双手捧起她的脸，看着她，眼神充满无法言喻的甜蜜。

"帕西法厄，我的爱人！"他说完沉默了一阵，"我必须回去了！"

"我明白，"她说，"我知道在这样的特殊时期，你根本不应该离开军营，你是为了我才来的。我的内心比我的思想更了解你。我已经学会了倾听内心的声音，不得不说，我付出了许多努力。"她看着他。

"哦，是的，我的爱人，确实如此。每个人都说'倾听内心的声音'，但几乎没人知道，为了做到这一点，必须让脑子里永不消停的嘈杂思想停下来。"

"对啊，对啊，正是这样，"她说，"我意识到了，思想总是尖叫不止，需要力量才能让它停下来。"

"思想在尖叫，心灵在低语。"他补充道，"思想安静下来了，心灵才会说话，一切都沐浴在截然不同的光芒中。那是一道意识之光，带来欢乐、平静和幸福，从此没有恐惧，没有困惑，没有痛苦，没有分离。那是领悟秘仪真理的重要时刻。原谅自我，原谅众生。"

"你的话很美妙，也很正确。只有心灵才能把人引向内心的爱和平静。死神来偷窃生命，但心灵并不害怕死亡。我用心灵抵挡死亡，我不害怕它。"她支起双腿，做了个鬼脸。

"死神无法偷走生命，"他回应道，"生命的对立面并非死亡。生命没有对立面。生命是神圣的礼物，是旅行，也是学习。"他含情脉脉地看着她，"礼物、旅行和学习有对立面吗？没有。生命同样也没有对立面。"

"也许你说得对，死亡并不是生命的对立面，"她说，"照你说的来看，它确实不像是。作为一个斯巴达人，我不害怕死亡，我憎恨死亡。"

"我有同感，"他回应道，"我不是因为战士的身份而无所畏惧，而是通过冥思学会了放下对死亡的恐惧。我不害怕死亡，因为我的灵魂知道它并不存在。人死之后似乎消失了，但实际情况并非如此。

"存在有多重维度，而我们身处的这个世界位于最低的维度。实际上，人死之后并没有消失，只是从死亡那一刻开始，他们在这个最低维度的自我表达就变得毫无意义了。

"他们等待着，直到重新回到这个厚重的物质维度，我们称之为'人生'。然而，这不代表他们从这个维度消失了，因为高维度包含了低维度，低维度存在于高维度之中。"

"等一会儿，我没听懂你的意思。人死之后就消失了，我们再也见不到他们，我是这么认为的。"

"帕西法厄,你闭上眼,能想象我的脸吗?能在脑海中描绘它吗?"他问。

"能,非常容易办到,你脸上的所有细节都深深印刻在我的脑海中。"

"好极了。现在,闭上眼,把我放进心里,看见我脸上的每个细节,试着把我带给你的感觉也加进去,如果可以,再加上我的声音。"

"好的,我正在这么做,这对我来说很简单,我是个有点爱做白日梦的人。"她笑着说。

"整个世界,整个宇宙,万事万物都在我们心中,"透克洛斯继续说,"想要看见它们,必须学会在心里重现它们。想要重现它们,必须牢牢记住它们,但只需牢记跟灵魂有关的事物,以及有关灵魂的人生感悟。"

"啊……"她惊叹道,这是她从未想过的真理。

"好了,睁开眼,好好看着我。"他说,慢慢靠近她的脸。她微微睁开眼,目不转睛盯着他,月光照在他英俊的面庞上。他安静地看着她。

"我爱你。"他在心中说,眼神流露出这句话的力量。

她看着他,微微一笑。

"我爱你!……我爱你!"他一次又一次在心里说,眼睛被心中的光点亮。

她的眼里充满无尽甜蜜，好像读懂了他眼里的信息。

他深情地看着她的眼睛，轻柔地抚摸她的脸，用低沉的声音说："我爱你！"

她沉默了几秒钟，眼睛湿润了，变得越发明亮。

"我爱你……我爱你。"她轻声说，低下头，嘴唇贴上他的唇，送上一个温柔甜蜜的吻。

"帕西法厄……我的爱人，"他紧盯着她的眼睛，"以后如果想念我了，你知道怎样能看见我。"

她绝望地闭上眼，轻轻把手放在他的嘴唇上。

"不，不，这样的事永远不会发生。"她在心里说。

他们骑着阿斯提尔回到难民营。他先跳下马，随后扶她下来。淡蓝色外袍的接缝留着大大的扯痕，她的侧身一览无余。她察觉到他的目光，微微一笑，用手遮住开缝的地方，对他做了个鬼脸。

他们看着彼此，都没说话。

他握住她美丽的双手，慢慢亲吻它们。他注视着她，眼神充满难以言喻的深情和爱恋："帕西法厄，我的爱人，我的灵魂伴侣，再见了！"

"再见了，我的爱人，祝我们好运。"她轻声回应。

她一动不动站在那儿，目送他骑着阿斯提尔在夜色中奔驰而去！

突然间，她感到夜色变得凝重、浓稠。星星、月亮，还有所有的火把，似乎都在同一刻熄灭了。

她安静地朝小木屋缓缓走去。沉重的黑暗从四面八方向她袭来。

12

海 战

公元前 480 年 9 月 22 日，天亮了。据预测，当天的天气很好。黎明时分，一阵轻柔甜美的微风轻拂而过。四下宁静，清新的空气里弥漫着松木的香味，没有一丁点即将拉开大战的迹象。

对希腊人和薛西斯来说，这是最为关键的一天。舰队的激烈海战将决定这场战争的赢家。

双方都渴望胜利。希腊人心怀希望，薛西斯胜券在握。

希腊军营里，为战斗做准备的战士们彻夜未眠。

天还未破晓，所有人已经离开了军帐。由于场地狭窄，登船前，船员们在各自的战船旁列队集合，船长站在最前方。

透克洛斯站在"雅典娜胜利"号的船员队伍最前方，旁边是阿美尼俄斯和他的船员。整个舰队的人都听说了，埃斯库罗斯的兄弟阿美尼俄斯是最富战斗技巧的战舰指挥官。

他们左右两边站满了"二十船阵列"的其他船员。

海军司令们抵达现场，在各自战船的队列前就位。

战士们面色严肃，一动不动站立着。司令们向他们下达了最后的命令，激励他们奋勇作战。特米斯托克利做了简短发言，结尾时说道："我自己也不例外，会和你们一起并肩作战。心里时刻牢记家园，不要让任何人夺走它。

"别忘了，敌军战斗是为了金钱，也是出于对波斯王的恐惧。他们的士气单薄如纸，而我们炽烈如火。今天，为了家园，为了妻儿，为了众神，为了祖先，为了神圣的一切，你们要像狮子一样勇猛战斗。让我们在心中默默祈祷吧。"

他的话音刚落,一个巨大的短时沙漏被倒立过来。全军将士保持列队,肃然而立。沙粒飞速坠落,寂静在队伍中蔓延开来。

所有希腊人都发自内心地向众神祈祷,祈求帮助和庇护。

他们向宙斯、雅典娜、阿波罗、阿瑞斯[1]和德墨忒尔祈祷,向萨拉米斯的忒拉蒙和埃阿斯[2]祈祷。

他们开始登船,谁也没说一句话。

划桨手最先上去,一个接一个坐到位子上。指挥官最后登船。

所有命令早在前一天下达完毕。天才将领特米斯托克利制订了作战计划,每个战士都了然于心。

作战计划的展开方式有些奇怪,一开始全面进攻,随即突然撤退。

这是个不寻常的计谋,不仅给敌人设下圈套,也能迷惑他们。

所有人都登上了战船。希腊舰队的布阵没有改变,跟最初的计划一样。

阵线横跨整条海岸线,从帕洛基亚海湾的小岛西边开始,一

---

1 阿瑞斯(Ares),希腊神话中的战神,众神之王宙斯与天后赫拉之子。
2 忒拉蒙(Telamon)和儿子埃阿斯均为希腊神话中勇猛善战的英雄人物。

直延伸到基诺索拉海角[1]东面。

阵线左翼朝西，180艘雅典战舰全部集结，被划分成数个进攻的阵列，由特米斯托克利统一指挥。

阵线中翼的战舰来自各个希腊城邦，包括希克尤拿、埃皮达鲁斯、埃雷特里亚、特洛艾森和卡尔基达。除此之外，还有一些希腊岛屿也加入进来，包括米洛斯、锡弗诺斯、塞里福斯、纳克索斯、基斯诺斯、凯阿、斯蒂拉和莱夫卡达，它们都没有向波斯人投降。其中三个岛屿派出了单层桨战船，这种战船速度较慢，每艘有五十名划桨手。

另外还有一艘由克罗托的法伊洛斯[2]担任船长的战船。西西里岛的克罗托人派出这艘战船参加海战，支持他们的希腊兄弟。克罗托的法伊洛斯名声斐然，曾三次夺得皮提亚竞技会[3]的冠军。

在阵线右翼，东朝基诺索拉海角，斯巴达、埃伊纳和墨伽拉

---

[1] 基诺索拉海角（Cape Kynosoura），位于萨拉米斯岛东北方向的一处海角，东西向延伸，形状狭长。
[2] 克罗托的法伊洛斯（Phayllus of Croton），古希腊著名运动健将，在萨拉米斯海战中担任一艘克罗托战船的指挥官。克罗托（Croton），意大利城市克罗托内（Crotone）古称，位于意大利南部，靠近爱奥尼亚海。
[3] 皮提亚竞技会（Pythian Games），古希腊时期泛希腊地区的四大运动会之一，从公元前6世纪开始举办，赛场设在德尔斐的太阳神庙，每四年一次，一般在奥林匹克运动会召开之后的第二年举行。

的战船排列整齐,由欧里拜德斯担任总指挥。

波斯舰队也开始分成三队列阵。腓尼基人的战船是波斯舰队中最具杀伤力的,他们在阵线右翼排列成阵,背靠艾加里奥山[1],面朝雅典战船。爱奥尼亚人的战船位于阵线左翼,前方和左侧是基诺索拉海角。其余战船全部在阵线中翼。

同时,一艘波斯战船开到普斯塔雷阿[2]岛,在岛上安排了一支军队,由波斯贵族担任指挥。他们的任务是杀死游上岸的希腊人,帮助所有登岛的波斯人。海战一旦开始,附近船上掉下来的人,不管有没有受伤,肯定会游到这里保命。

薛西斯下令,不放过任何一个希腊人。

所有人都在战船里,安静地等待信号。夜晚的黑暗悄悄褪去,天渐渐放明。

艾加里奥山顶上,一切准备就绪。前一天,几十个木匠拼命赶工,在悬崖边上搭起了巨大的木台,面朝大海,能清楚看见海战的形势。木台四周有八根柱子,撑起布做的顶棚。木台后方围着一排金长矛,矛头朝上,顶端挂着金盾牌,上面刻有阿契美尼德帝国的纹章。

---

1 艾加里奥山(Mount Egaleo),海拔469米,位于萨拉米斯岛东面。
2 普斯塔雷阿(Psyttaleia),位于基诺索拉海角和比雷埃夫斯之间的无人岛屿,面积约0.375平方公里。

薛西斯的金王座硕大而厚实，位于木台正中心。两个紫色的真丝枕头被用作脚垫。王座前有两张大理石桌，桌上摆着金双耳瓶、金酒杯和金餐盘，瓶里装满了酒水，盘里盛满了美食。

王座往后一点是波斯王的军师的座位。木台的两个角落里，两个经验丰富的书记员坐在矮桌边，他们的工作是记录这场伟大而光荣的胜利。

天亮前，波斯王抵达山顶，随行的队伍声势浩大，在木台后方列队站立。

他走向王座，军师们跪地叩拜，他们的身体围成了一条通向王座的走道。

薛西斯坐在王座上，脸上写着高傲。这一天必定是他的胜利日。他望向海面，隐约看见浩浩荡荡的波斯舰队。天色还很暗，看不见远处的希腊人。

他笑了笑，一脸自负。

第一缕曙光亮起来，舰队司令欧里拜德斯下令开战。一瞬间，希腊军打破了清晨的宁静。他们的战歌是对战争的呐喊，震耳欲聋的歌声回荡在海峡中。

士兵们团结一心，用尽全身力量高歌，唱出灵魂深处的声音：

向前进吧，希腊男儿，
解放家园，解放妻孩，

解放众神的祭坛，解放祖先的坟墓。

此战以后，再无战争。

他们停了十秒钟，又铆足力气唱了起来。

突然间，波斯大军里生出一股担忧。之前有人说，希腊人并不打算战斗，他们一心准备着从萨拉米斯岛上溜走。可现在，听到这撼天动地的战歌，每个人都能感受到他们毅然面对这场艰难战役的决心。

第二道命令来了，号手们发出全面进攻的信号！上千支木桨落入海中，所有战船从萨拉米斯岛起航，朝波斯舰队的阵线奋勇推近。

两艘战船行驶在"二十船阵列"的最前方，一艘是透克洛斯的，另一艘是阿美尼俄斯的。两艘船像两只戏水的海豚你争我赶，船头划破水面，两侧的希腊式眼睛仿佛在看着彼此微笑。

"二十船阵列"部署在雅典舰队的右翼。如果他们和腓尼基人交战顺利，占据了上风，下一项任务就是赶去支援阵线中翼。

水手长尼坎卓斯望向透克洛斯，见他勇敢无畏地站在那儿，尼坎卓斯满怀敬意地想，他真像阿喀琉斯[1]。他的头盔和古铜铠甲

---

[1] 阿喀琉斯（Achilles），希腊神话中的英雄，海洋女神忒提斯（Thetis）和人类英雄佩琉斯（Peleus）之子。

在阳光下闪闪发光。

他直视前方,神情坚毅,微风拂过他的面庞。轻柔的海风让他们感受到勇气和力量。为了自由,这一次又不得不抛洒热血。希腊人下定决心,哪怕只剩最后一个人,也要战斗到底。

波斯人看样子吓坏了,他们的担忧成为了现实。希腊人不仅没打算溜走,反而发动了全面进攻。

波斯人也吹响了进攻的号角,开始朝希腊战船进军。

正当他们越靠越近,所有人都准备交战的时候,希腊人突然吹响了全面撤退的军号。

希腊战船停滞片刻后,立即开始反向划桨,硬生生往回撤。

波斯人困惑不已。这样突然撤退是什么意思?

当然,他们绝对想不到,这正是天才的雅典将军设计的作战计划。

特米斯托克利考虑得很周全。他已经成功把战场设在了萨拉米斯海峡,但这还不够。他想把波斯人引入更狭窄的海域,更靠近萨拉米斯海岸。他利用全面撤退的假象,避免了在海峡中部的宽阔海域展开战斗。

他很清楚,这一出人意料的变动肯定能迷惑波斯人。

波斯人大受鼓舞,兴奋地又喊又叫,向慌忙撤退的希腊战船发动猛攻。这背后还有另一个原因。他们感受到了波斯王的目光,想要展现出最佳的作战状态,主要是害怕万一战败,薛西斯会惩罚他们。

整个波斯舰队发动起全面进攻。第一排战船全速前进，后面跟着第二排和第三排战船。他们追赶希腊战船，穿过海峡中部，径直驶向萨拉米斯海岸。

等到希腊舰队差不多全部撤到岸边，波斯人紧追而上，希腊军再次吹响了进攻的号角。

瞬时间，桨手们不再往后划了。他们跟随进攻的节奏，开始向前划桨，正对着波斯人的方向。

撤退时的速度不受限制，阿美尼俄斯的战船稍微慢了一些。此刻，他的战船正处在希腊战线的最前端。他完美运用急航[1]的突破技巧，灵活地驶入两艘波斯战船之间，突然向左急转弯。撞锤击中了第一艘波斯战船，它开始下沉。

弓箭手们准备就绪，一起拉弓放箭，杀死了许多惊慌失措的波斯船员。

透克洛斯也抓住机会，全速进攻。阿美尼俄斯的战船在撞击后慢了下来，另一艘波斯战船转向右边，试图撞向它，为透克洛斯制造了合适的角度。

---

[1] 急航（diekplous）是古希腊人的海战技巧，用于突破敌方船阵。己方船只快速划入敌船之间的缝隙，然后急转弯，用船头的撞锤配合速度带来的冲击力击沉敌船。

"雅典娜胜利"号像追捕猎物的雄狮,全速冲向第二艘波斯战船。船桨和船舷上缘碰撞,发出巨大的声响。

撞锤狠狠撞击敌船,几乎把它撞成了两半。

许多波斯士兵掉进海里,还有一些试图逃离下沉的战船。正当"雅典娜胜利"号准备离开被撞的波斯战船时,一帮波斯人抓住绳索和船舷,跳上了船。

水手长尼坎卓斯和五个重甲步兵站在船头的甲板上。他用强有力的双手抓住第一个波斯士兵,大喊:"把他们丢下海,他们不会游泳。"

透克洛斯和旁边的两个重甲步兵冲向船头,一场激烈的肉搏开始了。大约十五个波斯人爬上了他们的船,超过一半已经被船头的尼坎卓斯和士兵们干掉。

透克洛斯手持长剑,对付两个敌人。他逼退了其中一个,另一个挥剑冲过来。他迅速转身,在最后一刻躲过了锋利的剑刃。他朝对方胸口猛踢一脚,把那个波斯人踹进了海里。同时,他手下的重甲步兵杀死了另一个波斯人。

肉搏战在短短几分钟内结束。又一艘波斯战船沉没,大部分船员溺水而亡。

过了一会儿,他看向左边,发现阿美尼俄斯的战船被一艘波斯船卡住了。

阿美尼俄斯的战船撞击了波斯船,但角度不对,无法及时脱身，希腊船员们陷入了激战。

波斯人抢先登上了希腊战船。

就在这时，另一艘波斯战船冲过来，想要撞击阿美尼俄斯一动不动的战船。

"左舵！全速前进！"透克洛斯大喊着追过去。波斯船长发现有船追上来，放弃了撞船战术，试图转向逃走。"雅典娜胜利"号速度惊人，迅速逼近它，但没有合适的撞击角度。于是，他下令让弓箭手准备燃烧箭。

波斯战船近在咫尺，透克洛斯的船头距离敌船船尾只有几米。战船保持全速行驶，他下令朝右直转，利用这次转向让弓箭手瞄准目标。他接着下令放燃烧箭，连放三次。十八支燃烧箭击中了波斯船的不同部位。

他等了一会儿，没有效果。正当他以为进攻失败的时候，波斯船的船尾右侧突然剧烈燃烧起来。

"左满舵！全速前进！"他兴奋地朝军士高喊。

"雅典娜胜利"号无比灵活，调转方向破水而行，朝敌船直冲过去。波斯船上的火势不断扩大，船尾右侧的划桨手离开了位子，战船已经失去控制。

透克洛斯的船犹如戏水的海豚，在海面上划了半个弧线，飞速撞向熊熊燃烧的波斯战船，给了它致命一击。

两边开始互相放箭。一支箭破空飞来，擦破了透克洛斯的脸。

箭发出嘶嘶的声响,那是死神靠近的声音。他吃惊地猛吸一口气,心想:"天啊,好险……"

就在他身后,一位士兵倒下了。他飞奔过去救人,但没用了。箭射中了那人的脖子,他死了。

透克洛斯把这位不幸战友的尸体搬到船舷边,悲痛地从胸口扯下披风,盖在那人的脸上。

他抬起头,周围的战斗打得异常激烈。一些敌人又跳上了他们的船。他跑到船头,尼坎卓斯正在跟三个波斯人搏斗。透克洛斯猛冲上前,双拳狠狠击中一个人的胸膛。

那人被猛推出去,在船舷上绊了一下,摔进海里。

"丢进海里,把他们丢进海里。"他一边朝尼坎卓斯大喊,一边用力踢向另一个敌人,把他推下船去。

"我早就说过了,但这个人不愿意下去!"尼坎卓斯笑着说,挡开波斯人的剑。

"不管愿不愿意,他都得去游泳。"透克洛斯说,像狮子一样朝那个波斯人的腿猛扑过去。

他的肩膀重重撞在波斯人的小腿上,双臂牢牢抱住对方的腿。波斯人彻底失去了平衡,朝下挥剑,砍向透克洛斯。

尼坎卓斯突然抄起剑,刺穿了波斯人的轻甲。那人像玩偶一样倒下,倒在了透克洛斯旁边。

尼坎卓斯伸手把透克洛斯拉起来,笑着说:"谢谢,透克洛斯,你真厉害。不过我有一种感觉,他们不喜欢在我们的海里游泳。"

不久后,所有雅典战船都发动进攻,击垮了腓尼基舰队的第一排战船。有些战船想偷偷溜走,却撞在了第二排和第三排战船上。

雅典阵线的另一侧,欧迈尼斯和阿纳基拉西奥斯的战船表现尤为突出。这两位指挥官不仅战斗勇猛,而且善于运用战术,对敌人造成了巨大的打击。

雅典舰队协同作战,不断发起进攻,给波斯阵线制造了混乱。敌船被打乱了阵型,撞成一团。奇里乞亚、潘菲利亚和吕西亚[1]的战船在第三排,他们看到眼前的惨状,纷纷逃散。

特米斯托克利的战船吹响号角,发出新的作战信号。透克洛斯迅速指挥战船摆出阵型。

二十艘战船聚拢重组,排成新的进攻队形,朝东边的中翼阵线出发。那里还在进行激烈的交战。

船队像一群海豚疾驰在大海上,撞锤闪闪发光,像海豚突出的喙吻。

混战中,阿美尼俄斯猛地左转,紧紧咬住阿尔特米西亚指挥

---

1 奇里乞亚(Cilicia)、潘菲利亚(Pamphylia)和吕西亚(Lycia),今为土耳其南部三个地区。

的波斯战船。阿尔特米西亚大喊一声"全速前进",划桨手们使出浑身力气,拼命想要逃走。可是他们突然被许多波斯战船挡住了去路,波斯舰队早已失去阵型,乱了方寸。她惊恐万分,意识到他们逃不出去了。这位来自哈利卡那索斯的杰出指挥官想出了一个令人难以置信的办法。

她下令攻击拦在面前的波斯战船,最终撞上了卡林达[1]的德玛斯西莫斯王的战船。

由于阿美尼俄斯紧追不舍,她的战船达到了最高航速,撞击的杀伤力极其大。顷刻间,德玛斯西莫斯王的战船沉了下去。

阿美尼俄斯见她如此坚定果决地攻击波斯人,以为这艘战船叛变了,现在为希腊人而战,于是他停止了追击。

薛西斯默默看着一切,高傲变成了焦虑和愤怒。他面色苍白,时不时爆发出一阵阵怒吼和恐吓。战斗进展得一点也不顺利。

他看到了刚才的追逐和撞击,向一个军师询问到底发生了什么。军师说,阿尔特米西亚的船刚刚击沉了一艘希腊敌船(他看见她的进攻那样坚决,以为被击沉的一定是希腊船)。

"你确定是阿尔特米西亚的船击沉了希腊战船?"薛西斯问。

---

[1] 卡林达(Karynda),位于吕西亚和卡里亚(Caria)边界上的城邦,今属土耳其。第二次希波战争期间,德玛斯西莫斯王(King Damasithymos)与薛西斯大帝结成同盟,率领一艘战船加入波斯舰队。

"千真万确,陛下,哈利卡那索斯的纹章和旗帜看得非常清楚。"

"我手下的男人打起仗来像女人,我手下的女人打起仗来像男人。阿尔特米西亚多次证明了她的本事。"薛西斯说。

他往后靠着王座的椅背,担心不已。尽管他的舰队拥有数量上的优势,但这场海战并没有朝对他有利的方向发展。

阿尔特米西亚凭借这个计谋得救了。在上演了一出撞船好戏之后,她迅速撤离。后来的人说,她能成功获救是因为幸运女神站在她这一边。

德玛斯西莫斯王船上的人都沉没大海,没人能活下来讲述真相。

在希腊阵线右翼,战势发展得比较缓慢和艰难。伊奥尼亚人是十分强大的敌人,尽管斯巴达人、科林斯人和埃伊纳人全力作战,但他们还是遭遇了巨大的困难。

不过,到了中午时分,战况发生了变化。恐慌的情绪和战败的气氛从波斯阵线右翼扩散到整个舰队。他们看到这场海战必输无疑,完全失去了斗志。

所有希腊人无一例外都奋勇作战。来自埃伊纳的指挥官珀里克利托斯发动了阵线右翼最重要的战役。

希腊舰队一直采取集体行动,依照命令和纪律,坚持执行战斗计划。相比之下,波斯人陷入困局,乱了阵脚,每艘船各行其道，大多数都在撤退。

事实证明，雅典舰队最擅长施展急航和环航[1]两种高难度海战技巧。

施展急航战术的时候，战船必须开入敌船之间，急转向进行攻击，这需要精确的掌控和极快的速度。进攻的船为了撞沉敌船，必须同时拥有合适的角度和足够的速度。撞击船头，速度需达到5节；撞击船尾，则需达到8节。

不过，对于波斯人，破坏力更强的战术是环航，它是前一个撞击战术的延续和补充。施展环航战术的时候，战船围绕敌船作螺旋状航行，敌船被迫撤退，彼此相撞。

这种情况出现在了阵线的最前端。波斯战船数量太多，由于空间有限，只能成排进攻。第一排战船突然撤退，违背了军事纪律，打乱了作战计划，跟后排的战船撞到一起。几小时后，波斯海军陷入混乱，所有战船互相冲撞，很容易成为希腊舰队袭击的目标。

在激烈的混战中，波斯战船完全丧失了对这片海域的掌控。

亚里斯泰迪斯一直留在萨拉米斯岛岸边观察战况，帮助落水游上岸的希腊船员。他觉得报效祖国的时刻到了。他集合留

---

1 原文为 periplous。

守军营的雅典重甲步兵，组建了一支全副武装的军事小分队，然后带领他们乘坐大船前往普斯塔雷阿岛，小心翼翼避开了所有波斯战船。他们对岛上的波斯官兵发动突袭，杀了个片甲不留。

薛西斯又站了起来，双手重重砸在黄金王座上，脸孔因为愤怒而扭曲。他一脚踢在桌子上，盛酒的金双耳瓶摔落在地，把木台的地板染成了血红色。

五个腓尼基指挥官在他面前下跪叩首，气氛令人胆寒。波斯军几乎彻底战败了。腓尼基人企图推卸大败的责任，指责伊奥尼亚人胆小畏战。

怒不可遏的薛西斯咆哮起来，要砍掉腓尼基人的脑袋，因为他们不敢承担责任，还妄加指控伊奥尼亚人，伊奥尼亚人在波斯舰队里是最高贵的。

有些地方的激战还在进行中，主要是希腊战船撞击阵脚大乱的波斯战船。

"全速进攻，右前方！"透克洛斯朝军士喊道。

"雅典娜胜利"号向右转，破开水面，像一只大猫猛扑向前。

不远处有一艘波斯战船，船上挂着不同旗帜和纹章。

一定是波斯贵族的船，透克洛斯想。

"雅典娜胜利"号灵活地划了个半圆，从合适的角度全速撞上了那艘波斯战船的侧面！在剧烈的撞击下，船舷和木桨四分五裂，发出巨大的声响。

他没有立刻命令战船后退摆脱敌船,而是下达了不同指令:"弓箭手,放燃烧箭,连放两次。"他一边朝身后的四个士兵示意,一边朝尼坎卓斯大喊:"带上你的人跟我走,这次轮到我们登上他们的船了。"

第二批燃烧箭放完后,十一个希腊人跳上了波斯战船。

他们冲上前,击倒面前的两个波斯步兵。透克洛斯和尼坎卓斯各带一支队伍,分别攻向敌船两侧。燃烧箭射到船中间,船帆附近烧了起来。

一队手持长剑的波斯士兵突然冲到他们面前。透克洛斯留下步兵应战,自己小心翼翼沿着船舷继续往前走。他有种预感,前方一定有什么在等着他。

他谨慎前进,飞快地扫视四周,警惕敌人的动向。快到船中间的位置时,他看到船身挂着三个金盾牌,上面刻着阿契美尼德的皇家纹章。

"没错,这艘船的主人是皇室成员。"他想。

就在这时,他感觉旁边有人抡起了胳膊。他果断止步,猛地往后退。一柄利剑贴着他的身体挥了下去。

透克洛斯右手握紧剑,本能地举起左手的盾牌。第二柄长剑重重落在盾牌上,发出刺耳的金属撞击声。他又朝后退了一步,定睛看向敌人。

面前有两个威猛的波斯战士,都是"不朽军团"[1]的皇家护卫。他们身后站着薛西斯大帝的兄弟,阿里亚比涅斯亲王[2]。他吓得瑟瑟发抖,手里握着剑,高声命令士兵进攻。他们扑向透克洛斯,动作快似闪电。

透克洛斯猛地转身,背朝大海。他站在船舷边缘上保持住平衡,两手伸向左前方,摆出防御的架势。

剑又一次落在他的盾牌上。先是金属撞击的声响,随后是剑刃在盾牌上拖动的摩擦声。他的双臂保持在左前方,不断划着圈,剑搭在盾牌上。进攻的士兵挥剑后暴露了空当,透克洛斯的剑刺穿了他的胸膛。波斯人身受重伤,一头栽倒。

这时候,另一个士兵到了近前,用右手抓住了透克洛斯的脖子。

透克洛斯突然往侧面扭头,想摆脱那只强壮的手。波斯人狂拉猛拽,指尖碰到了秘仪会护身符的棕色绳子。

绳子被这股猛力扯断了。银护身符高高飞上半空,转了两圈。它在阳光下闪着亮光,掉进大海,激起细小的水花。

---

[1] 不朽军团("Immortals"),又称"长生军""不死军",波斯阿契美尼德王朝统治时期成立的一支精锐部队,肩负皇家护卫和常备军双重职责。部队人数保持一万人不变,战死或重伤的士兵很快会被新人取代,因此得名"长生军"。
[2] 阿里亚比涅斯亲王(Prince Ariabignes),大流士一世的儿子,薛西斯大帝的兄弟。参加第二次希波战争,是波斯舰队的四位司令之一。

同一时间，不远处的德墨忒尔和珀耳塞福涅神庙中，圣师科里顿躺在圣坛边，缓缓将双臂交叠在胸口上。

他微笑着闭上眼，难以忍受的剧痛瞬间消失得无影无踪。阿刻戎河的船夫[1]出现了，他和勇敢的圣师握了握手，点头示意他们即将出发！

一阵清风突然拂过空寂的花园，怒放的玫瑰随风落下片片花瓣。

老鹰咕咕直叫，最后一次在神庙上方低空盘旋，然后朝着山的方向飞去。

银护身符在空中闪烁的一刹那，时间仿佛凝滞。

透克洛斯占了上风，突然出剑，刺穿了波斯人的胸膛。那人倒了下去。

他低头看了一眼，两个波斯护卫先后倒在了木甲板上。现在只剩他和阿里亚比涅斯亲王了。

他转身看向对方。大概是出于恐惧，阿里亚比涅斯向他扑了过来。透克洛斯试图躲闪，但亲王的利剑击中了他，深深地砍进了他的左肩。

---

[1] 阿刻戎河的船夫（the boatman of Acheron），指卡戎（Charon）。阿刻戎河位于希腊西北部的伊庇鲁斯（Epirus）地区，在希腊语中意为"愁苦之河"。希腊神话中，阿刻戎河常被认为是冥界的入口，死者灵魂由船夫卡戎摆渡过河。

12 海战 / **183**

他张开左手,沉重的盾牌砸落在船舷上,发出一声巨响。

他紧咬牙关,往后连退两步。伤口又深又痛,鲜血泉涌而出。

"我真傻,低估了一个心怀恐惧的人。"他想,脸上露出痛苦的表情。

阿里亚比涅斯又一次举剑,摆出战斗的架势。

透克洛斯往前挪动两小步,假装进攻,接着又向后跳开。波斯人失算了。阿里亚比涅斯的剑划过一道弧线,在透克洛斯后退时,贴着他的脑袋和肩膀一划而过,重重地落在木甲板上。

透克洛斯握紧剑,准备刺击,就在这一刻,他看见尼坎卓斯站在不远处,举起双臂朝他大喊。

战争的喧嚣淹没了喊声。透克洛斯紧咬牙关,右脚迈出一步,朝前出剑。他紧紧握着剑,刺穿了波斯人的胸膛,最后看到的是亲王脸上痛苦而惊讶的表情。

一柄剑从他背后袭来,也刺穿了他的身体。疼痛彻心彻骨,却转瞬即逝。

英俊的脸庞因疼痛而扭曲,呼吸停止了,眼神模糊了。血还在汩汩涌出,但已经没有疼痛了。他的意识在光芒中停留了两秒。

"帕西法厄……"他竭尽全力在心里喊出她的名字,左手最后一次握住腰带的搭扣,僵硬的身体倒了下去。

他背后那个血淋淋的波斯人脚下一软,倒在甲板上死了。

萨拉米斯岛对面,一只乌鸦盘旋在雅典难民营前的悬崖上方,像中了邪似的叫个不停。帕西法厄身上挂着剑,坐在悬崖上关注着海战的进展。她缓缓抬起头,看见了乌鸦。

一股针刺般的寒意穿过她的身体,她的心跟着收紧了。这是个不祥的预兆。但它肯定跟战争无关,她想。希腊人就要大获全胜了。她捂着胸口,屏住呼吸,闭上眼睛向德墨忒尔祈祷。圣师曾经说过,只要她的爱人戴着护身符,女神一定会保佑他。

13

墓　碑

埃斯库罗斯弓着背奋笔疾书。对于刚刚经历的一切,他不想遗漏掉任何细节。他必须记录下希腊人的光荣胜利、波斯人的恐惧和惨败。

希腊一共损失了40艘战舰,而波斯损失的战舰数量超过200艘,死者数以千计,其中超过一半人都是淹死的,因为他们不会游泳。

埃斯库罗斯决定把这场战争的历史写成悲剧。

这是辉煌而伟大的胜利,但作为希腊人,他觉得更明智的做法是抛开胜利者的傲慢来进行创作。

波斯人死伤惨重,战争终归是一场浩劫,如果他的笔尖流淌出胜利者的狂妄自大,他认为那是对众神的冒犯。

因此,他决定在剧作中让波斯人来讲述整个事件,让他们讲述自己的战败,而胜利者不发一语。波斯人曾经不可一世,现在兵败如山倒,他们将亲口呈现降临在他们头上的巨大灾难。

他在思考新悲剧起个什么名字才合适。《萨拉米斯海战中的波斯人》?好像太过宽泛。也许《波斯人》更好,他想。经过这次海战,这个词本身就包含了痛苦、死亡和不幸!

他暂时停下狂热的书写,望向天空。云朵形状优美,为美好的深蓝色天空添上了几抹洁白。

胜利日给清晨的纯净增添了光明和色彩。太阳再次以这种独特的方式照耀着希腊的土地。

他深吸一口气,大声念出刚刚写下的文字:"……清晨时分,太阳神的战车出现在天边。一阵欢欣鼓舞的呐喊从他们的战船传来,好像是歌声,在四周的礁石间不断回荡。我们害怕起来,担心中了计。他们的歌声听上去不像要逃跑,而是进军的战歌。他们的军号唤醒了长桨,这时我们听到了进攻的信号。

"他们的船迅速来到我们面前。每个人的口中都高喊着:'向前进吧,希腊男儿,解放家园,解放妻孩,解放众神的祭坛,解放祖先的坟墓。此战以后,再无战争。'

"我们波斯战船上的人也开始高声喊叫,回应他们的战歌。时机不可拖延,我们的船向他们逼近。一艘希腊船最先撞向了一艘腓尼基人的船,击破了船舷和船尾,摧毁了一切。

"接着,他们发动全面进攻。刚开始我们的阵线还能坚持抵抗,但海峡里的船越来越多,所有船都进退两难。它们互相撞击,船尾碎裂,船桨折断。我们的船开始沉没。希腊人围着我们攻打,技术高超,速度惊人。他们撞击我们,我们的船被开膛破肚。四周并不是海水,而是溺水者的尸体和战船的碎片。海滩上堆满尸体,像蚂蚁密密麻麻……"

他捋了捋卷曲的胡须,满意地笑了。这将是一部记录希腊人胜利的伟大悲剧史诗。

海战大败后,薛西斯为了穿过赫勒斯庞特,迅速撤退到北部。有消息传到他耳中,说希腊人打算摧毁他修的桥,把他的军队封锁在希腊境内。

雅典人准备返回城邦，他们心情复杂，既有返乡的幸福和欢乐，又为遭到彻底破坏的家园悲伤不已。

特米斯托克利写下了一段话，让所有登船返乡的雅典城民读一读："雅典城民们，我们胜利了！敌人撤走了，我们的城邦再次获得自由。你们将会看到破败的景象，千万不要悲伤。我去大部分地方亲眼看过，确实损失惨重。但你们现在都清楚，雅典属于我们，属于自由的城民！团结就是力量，我们将重建城邦，让它变得比原来更美丽。"

所有希腊城邦都在狂欢，庆贺战争的胜利。

雅典举办了一场盛大的庆祝活动。尽管城邦满目疮痍，但人人脸上都洋溢着笑容。他们在街上彼此拥抱，为胜利开怀畅饮，载歌载舞。

年轻女孩身穿白长袍，头戴鲜花，从怀抱的篓子里抛撒玫瑰花瓣和月桂叶。少女们的舞队随着庆祝活动的律动翩翩起舞，少年们奏乐。

在舞队前面带领一众少年的是年轻的索福克勒斯[1]，索费勒斯

---

[1] 索福克勒斯（Sophocles，约前496—前406），古希腊三大悲剧作家之一，出生于雅典西北郊区的小村落克罗诺斯（Colonus），一生创作120多部剧作，代表作有《俄狄浦斯王》和《安提戈涅》。16岁时，因出众的容貌和极高的音乐天分，被选为庆祝第二次希波战争胜利的乐队队长。

之子，来自克罗诺斯。他崇拜诗人和悲剧家埃斯库罗斯，梦想着有一天也能成为那样的人。经众人一致同意，索福克勒斯被选为乐队的领队。他抱着一把里拉琴[1]，带头演奏庆贺胜利的舞曲。

丝带和旗帜在空中飞舞，处处可见庆贺胜利的标语："胜利，自由，和平！"

众神站在了希腊人一边。这场胜利至关重要，它像香膏滋润了所有人的灵魂。舞蹈的人群中，幸福的泪水与笑容相互交融。

这不仅是庆贺胜利的伟大日子，也是希腊人真正团结一致的重要时刻。

9月27日被定为阵亡将士纪念日。

纪念仪式在基诺索拉海角举行，希腊联军全体成员都参加。

那天乌云密布，大海变成了灰色，像一面光滑静止的镜子。苍天似乎也和希腊人一道为牺牲的英雄哀悼。

她坐在小船的船头，一位老船夫在船尾划桨。

她没有跟叔叔一起去萨拉米斯。他出发得很早，所有人应该都在那里了，不光有希腊联盟的将领，还有那些在战争中失去至亲的人们。

小船在海面上静静航行，她的思绪也静静流淌着。她盯着船的龙骨，它划过海面，仿佛画出了一条直线。

1　里拉琴（lyre），古希腊的一种七弦琴。

"生命好似水上的线,出现,然后消失。"她想。

她的心离开了,不在这里,而是在很远很远的地方,被一个完美的男人带走了。所以她剪短了美丽的头发,束上了黑色的发带。

她穿着深红色长袍,下摆垂到膝盖下面。基诺索拉海角越来越近,她抿紧美丽的嘴唇,闭上了眼。

基诺索拉立起了阵亡将士纪念碑。这是一座七米高的大墓碑,被命名为"胜利奖杯",左右两边各有一个巨大的金属三脚架,架上燃烧着圣火。

纪念碑东面有一座众神的祭坛,稍远处是公共墓地,那里埋葬着牺牲的英雄。

十二支长矛矛头直指天空,矛上挂着头盔和盾牌,上面刻有希腊联盟的军章。长矛下方有一块巨大的大理石板,上面刻着一艘希腊战船。

战船下方是纪念牺牲者的铭文:

纪念希腊阵亡将士

萨拉米斯战役,前 480 年 9 月

在光荣胜利的喜悦中

自由是英雄们的勋章

它必将再次绽放光芒

船夫在岩石边停船，双手抓住石头，把船停稳。帕西法厄下船，缓步向前。

人都到了。在她左边，纪念碑旁架起了一个木台，希腊联盟的将领站在木台上，正在低声交谈。

欧里拜德斯看到她从远处走来，靠向特米斯托克利说："我侄女不愿跟任何人说话。她一定是真心爱上了那个年轻的指挥官透克洛斯。我想劝劝她，可她一个字也听不进去，真是固执的孩子。"

"透克洛斯的离开对我来说也是沉重的打击，将军，"特米斯托克利语气严肃，"我跟你说过，这位年轻人是我和我家人的至亲。我不单为你侄女失去他而难过，更为我自己失去他而悲伤。我不想再谈论这件事，我在心里为他哀悼。"他直直盯着拉西达摩尼安人的眼睛。

帕西法厄朝台上瞥了一眼，向右边走去。距离木台约十米远的地方站着死者的家人们。

她的目光跟尼坎卓斯的目光相遇。他站在人群后面，瞪大双眼，有点茫然地看着她。他也是为了透克洛斯而来。透克洛斯没有亲戚，必须有人作为他的家人参加纪念仪式。

她朝他走去。这时，她的叔叔欧里拜德斯将军开始发言。

她听见他的声音，但没有认真听他在说什么。反正她非常清楚他要说什么。

她站在尼坎卓斯身边，扭头小声说："谢谢你为了透克洛斯而来！"

他一脸悲伤地看着她，回应道："我也要谢谢你，帕西法厄！你是他的挚爱，我是他最好的朋友和兄弟。他没有别人了，你是知道的。你的到来让我心里宽慰了许多。他们叫到他的时候，请你站到前面去。"

"我会的！"她垂着眼说。

欧里拜德斯发言结束，一队重甲步兵在人群前方列队站好，他们代表整个希腊联盟。步兵的铠甲和盾牌闪闪发光，健壮的身躯岿然不动。所有将领都站到了木台前方。

军号声响起。士兵们举起盾牌，斜持长矛以示敬意。

寂静中只听见两个三脚架上的火苗在微风中噗噗跳动的声音。

特米斯托克利开始念阵亡英雄的名字。每念到一个名字，军号都会奏出一小段代表胜利和告别的旋律。特米斯托克利接着说："感谢你，我们的兄弟。你的战友和世世代代的希腊人永远不会忘记你！"

如果有亲属在场，他们会走上前去，欧里拜德斯或者特米斯托克利会给他们颁发一枚小小的荣誉勋章，还会把逝者留下的遗物交给他们。

第七个名字是透克洛斯。帕西法厄深吸一口气，往前走去，好像一位步向神坛的女祭司。

众人的目光聚焦在她身上。她身姿挺拔,一动不动地站在特米斯托克利面前,直视着他的眼睛。

她的叔叔惊讶地睁大眼睛,看着她那一头代表已婚女人的短发。

特米斯托克利深受感动,对她说:"透克洛斯就像我的儿子!既然透克洛斯是我儿子,你就是我女儿!帕西法厄,我的女儿,我不会说安慰的话。我知道,当一位骄傲的斯巴达女人站在我们面前,说安慰的话并不合适。让我们把奔涌的情绪压在心底吧。我只想说说我对他非常了解的一点。他不希望有死亡,除非死亡能成就一个伟人!

"十年前,他跟你现在一样站在我面前。那时候,我悼念他的父亲、我情同手足的好友。而今天,我不得不揪着一颗心,再一次悼念死去的人。在这两场伟大的战役中,胜利都垂青于希腊人。对活着的人来说,相比悼念战败的英雄,悼念战胜的英雄更是对心灵的抚慰!

"走近些,我的女儿,这枚小小的勋章代表勇敢,也代表希腊的敬意。还有,这是他最喜欢的腰带,他经常系在腰上!腰带是他父亲的。马拉松战役后,在同样的仪式上,我亲手把它交给了他。"

她伸出右手接过腰带,浑身一阵颤抖,心中的悲痛奔涌而出。为什么会这样?为什么她的爱人会死去?悲痛扼住她的喉咙,爬上她的眼角,但她紧咬牙关,强行把它压了下去。

"不应该掉眼泪!"她想,"更何况特米斯托克利刚刚说了,站在他们面前的是一个骄傲的斯巴达女人。"

她没说一句话。事实上,悲痛牢牢扼住了她的喉咙,如果张嘴说话,她一定会痛哭出来。她只能更用力地挺起胸膛,挺直腰杆。

就跟那些面对死亡也无所畏惧的人一样。

她看了眼叔叔,目光坚定又强硬,仿佛在朝他无声呐喊:"不许说话。"她轻轻点了点头,向特米斯托克利表示感谢,转身走回人群中。

她叔叔欧里拜德斯读懂了她眼里的意思,话到嘴边又咽了下去,这也是为他自己好。

她慢慢走回到原来的位置,站在尼坎卓斯身边。她看着他的眼睛,把勋章递过去,说:"透克洛斯的勋章应该属于你,你是他的朋友和兄弟。你们一起战斗,一起赢得胜利!但愿它能为你的家增添荣耀,这样的荣耀有一个就够了!谢谢你做的一切!再见!"

她转身缓缓离开,像一位骄傲的女祭司,坚决不让冥王哈迪斯向她露出胜利的微笑。尼坎卓斯也迅速转身,背对着木台,目送她远去,不让别人看见他夺眶而出的眼泪。

她走到船边,再也不想在这里停留!她站上岩石,解开脖子上的绳子，上面系着一个装有红酒的小瓶子。她闭上眼，打开小瓶子，把酒洒在双脚前的岩石上。

红宝石色的酒像鲜血滴落，染红了岩石。几个细小的酒滴溅到她的鞋子和美丽的双腿上。

在这片土地上，他们相遇。在这片土地上，他们相爱。也是在这片土地上，她将永远告别深爱的男人。

她登上小船，努力保持冷静，向船夫示意。船夫解开缆绳，开始划桨。

他们离开了海角。突然间，太阳钻出云层，缓缓下落，仿佛要触摸海面。

她的眼里闪烁着成千上万的光芒，小船划过平静的海面，海天似乎融为了一体。天空好像想下来帮她的忙，她的思绪和心灵飞向了高空，飞向了无穷的远处。

她拼命祈祷，想要找到他，但徒劳无功。

她在无穷的虚无中停留了几分钟，悲伤像毒药在她身体里蔓延。

"神啊，怎样才能在无穷中找到他？我应该去哪里寻找？"

这时，她想起了他的话，他的声音在她心里回荡，仿佛一道温柔的光："我的爱人，如果想念我了，你知道怎样能看见我。"

哦，没错，她不该在天空中寻找，不该在星河中寻找！他就在她的内心深处等待着。她迫不及待地照他说的那样做。

太阳把大海染成了血红色，天空散发着深红的光芒，好像在滴血。就在这一刻，她找到了他。

他就站在她面前，对她说话！她听得一清二楚，她对此确信无疑。他没有死！他看着她，脸上挂着微笑，双臂大大张开，邀请她来他的怀抱。她迫切地跑过去，紧紧抱住他，像是害怕再也见不到爱人一样。她的整个身心都沉浸在这一刻。

大海，天空，她的长袍，她的双眼，她的灵魂，一切都被染成了红色。

太阳，生命和光明之神，像一位慈爱的父亲，来到他悲伤的女儿身边。

他用红灿灿的光芒笼罩着她，仿佛父亲温暖的拥抱抚慰人心。

"透克洛斯，我的爱人……"她轻声说，紧紧闭上泪汪汪的双眼，只想单独和他待在一起。

14

斯巴达

天还没亮,一阵寒风从白雪皑皑的泰格特斯[1]山上刮来,吹透了整个城邦。斯巴达仍是一片漆黑,街道几乎空无一人。瞭望塔上,卫兵们准备换班。

军号吹响了,他立刻从床上一跃而起。其他的预备重甲步兵也都在同一时间起了床。

宽敞的军舍里顿时忙碌起来,所有人一声不吭地匆匆着装。他们麻利地穿上深红色外袍,一个接一个跑到士官那儿,领取全套战甲、头盔、盾牌和长矛。

今天是检阅日,也是这支预备重甲步兵队训练的最后一天。

"我好开心啊,透克洛斯,今天他们允许我们回家一趟。"埃维梅罗斯笑着轻声说。

透克洛斯低着头,一边系紧小腿上的绑带,一边小声回答:"是啊,好兄弟,我跟你一样开心。我们今天结束漫长的训练,马上就能回家……我很想念母亲。"

"哦,是的,我也很想念父母。中午可以和他们一起在家里吃饭。"埃维梅罗斯说。这时,教官大吼着走进军舍。

"你们怎么还在这儿?赶紧拿好装备,出去列队。"

---

[1] 泰格特斯(Taygetos),位于希腊南部伯罗奔尼撒半岛上的山脉,最高峰为泰格特斯山,海拔2 404米。

预备重甲步兵的训练营位于埃夫罗塔斯河畔,是古代基诺索拉[1]所在地。

两个"基诺索拉",这非凡的巧合触动了年轻的透克洛斯。

母亲给他讲过萨拉米斯海峡、基诺索拉海角和父亲壮烈牺牲的事。

他抛开纷繁的思绪,迅速戴上插着红羽翎的头盔,左手拿着重盾,右手提着长矛,跑进训练场,找到他在队列里的位置站好。

他们的教官是欧里森尼斯上尉。他四十多岁,高大魁梧,是个铁骨硬汉。他跟父亲一样,也参加过萨拉米斯战役。透克洛斯从不敢向训练营的人提起父亲,唯一的例外是好朋友埃维梅罗斯。

很可惜,斯巴拉和雅典之间一直存在敌意。他不喜欢这种对立,意识到提起父亲的故事只会招来麻烦。

产生敌意的原因很明显,两个城邦都想当希腊的首领,直接领导其他城邦。

希腊最重要的两个城邦秉承着截然不同的生活哲学和社会价值。雅典推崇哲学、民主、艺术和演讲,斯巴达推崇精神、道德、纪律和勇气。

---

[1] 基诺索拉(Kynosoura),古代斯巴达的小村落,据推测位于斯巴达西南部,与萨拉米斯岛上的"基诺索拉海角"同名。

欧里森尼斯上尉纹丝不动地站着，金属头盔后的双眼像鹰眼一样明亮犀利。最后几个士兵入列完毕，他声音洪亮地说："基诺索拉第二营受训重甲步兵，现在你们在这里列队，将来踏上战场，你们会以同样的方式列队应战。

"斯巴达重甲步兵队是一架移动的战争机器，只向前移动。任何逃兵行为都是可耻的，都是斯巴达人最大的耻辱。我们能赢得战争，不仅仅因为我们不怕死，更因为我们的纪律和队伍坚定不移，哪怕战斗到最后一个人也不动摇。

"在斯巴达，战友一词的含义跟希腊其他地方不一样。站在你身边的战士并不是别人，而是你自己。你要像保护自己一样保护他。在战场上，什么也不能把你们分开。"

话音刚落，军号声响起，报告督军的到来，他是斯巴达军队的最高统帅。

上尉命令全体立正。士兵们巍然站立，犹如一尊尊雕像，唯有头盔上的红羽翎在微风中轻轻摇晃。

跟随最高统帅一起来的还有三百勇士营的一支特殊重甲步兵队。

他们来到队列前方，同样立正站好。最高统帅朝预备兵的队列走去，缓步穿过一排排重甲步兵，仔细检查他们的仪容和眼神。

接着，他站在队列正前方，高声说："斯巴达人能毫无畏惧地直面死亡。别人都喜欢多说话，而我们少说话、多做事，效率是我们的言语。这就是斯巴达重甲步兵的精神。

"在克服对死亡的恐惧之前,我们依靠纪律和服从克服了自身的所有弱点。我们身穿红色长袍,敌人不会看到我们身上的血,不会因为我们流血而燃起斗志。我们的盾牌上刻着'L',它是我们的灵魂,我们的祖国拉西达摩尼安。

"斯巴达人从不投降。我们不是为了获胜而战,战斗本身就是胜利。如果战败,我们会骄傲地死去。如果获胜,我们会骄傲地活着。无论哪种情况,我们都赢得了胜利。

"经过艰苦的训练,我们首先获得了内心的胜利,这样才能获得战场上的胜利。你们听好了,一个人如果内心屈服了,如果被自己打败了,他绝不可能打败敌人。

"你们二十岁了,完成了阿戈革[1],从现在开始,正式成为国家军队的一员!你们有三天假期,可以回家探亲,然后去驻扎在梅索阿的第二莫拉[2]军营报到。那里的指挥官是克莱奥武洛斯上尉,他经验丰富,德高望重。斯巴达期待你们拿出最好的表现。"

最高统帅说完这些话,在特殊兵团的护卫下离开了。

---

[1] 阿戈革(Agoge),斯巴达强制性的教育训练制度,男子在 7 岁时离开家庭,接受军事性质的集体训练。
[2] 莫拉(mora),古代斯巴达的军事单位,一般由重甲步兵组成。1 莫拉士兵大约占斯巴达军队总人数的十分之一,约有 600 人。

欧里森尼斯上尉说:"我很荣幸担任你们的教官,和各位预备重甲步兵度过了军事教育的时光。祝愿你们每个人都能在国家军队里建功立业。离开时不要遗落个人物品。你们可以走了,解散!"

从第一声立正的命令开始,年轻的士兵们始终没动,直到此刻才放松下来。

他们开始往军舍走。

透克洛斯摘下头盔,朝好友埃维梅罗斯笑了笑。

"来啊,雅典人,咱们走吧。"好友小声打趣道。

"嘘……我告诉过你,不要在人前说那个词。"

"这是好事情,透克洛斯,别生气,你是这里唯一一个能把斯巴达的战士精神和雅典人对哲学的热爱结合在一起的人。我觉得自己非常幸运,能交到你这样的朋友,学到那么多哲理和秘仪智慧。"

"我告诉你的一切都是我母亲告诉我的,都是我在参加军事教育之前学到的。我小时候做了笔记,因为当时不太理解。这些年我反复阅读笔记,还是没能领悟深层次的真理。

"我必须努力学习才行。我祖父是一位最高等级的潜修者,他教给我父亲许多关于精神的秘密。我特别想学习更多隐秘的秘仪真理,它们能让人释放内心的精神!"

"我也想学,"埃维梅罗斯开心地说,"我期待听你讲讲你学到的知识。因为你，我变成了更好的人。"

他们一起走回军舍，收拾好私人物品，把它们装进军旅包。他们紧紧拥抱，微笑道别。三天后，他们会在新的军营见面。

薛纳尔卓斯和亚里斯忒雅的房子位于城邦中心，两人已经不在人世，他们的女儿帕西法厄带着儿子透克洛斯住在那里。向帕西法厄求婚的人很多，但她一直未婚。她下定了决心，她的心只属于那个她爱过的男人。许多人劝她，说结婚对孩子好，至少有个继父，但她拒绝任何和婚姻有关的话题。一旦做了决定，就绝不改变，这是她的个性。

"妈妈，我回来了！"透克洛斯回到家，大声呼喊，好让母亲听到自己的声音。

帕西法厄一整天都在盼他回家，一听到他的声音，立刻高兴地朝大门跑去。她身穿一件深绿色长袍，上面绣着古老的斯巴达纹章。她一头短发，尽管已经四十一岁了，还跟从前一样美丽，脸庞和眼睛还像过去一样光彩熠熠。不过仔细看的话，还是能看出唯一的不同——她的神情间掩藏着一抹忧伤。

她走进院子，看到了他。他站在那儿望着她，脸上挂着灿烂的笑容，眼中充满浓浓的爱意。她张大眼睛看着他，眼神里满是爱和骄傲。她的儿子长成了大人，英俊高大，强壮结实。"他也像阿波罗！跟他父亲一模一样，不过个子更高。"她笑着想。

"你好，亲爱的妈妈。"透克洛斯跑过去抱住她。

娇小的她完全陷入他温暖而有力的怀抱里。

"哦,天啊,这几年你长得真高。"她说着抱住他,"透克洛斯,我很想你,亲爱的儿子。要是你父亲能看到你现在的样子,他该多么骄傲啊。你长成了一个强大的男人,思想和身体都很强大。"

他们进了屋。透克洛斯把军旅包放到角落,仔细打量这座好久没见的房子。

"啊,妈妈,回家和你团聚是一种幸福。家里还是那种熟悉又甜蜜的味道。我始终觉得这座房子和房子里我所熟悉的一切都散发着自己的光芒。短短一分钟,我的内心已经感到无比平静,我又感受到小时候的那种快乐。"

"欢迎回家,儿子。你在这里,我感到非常高兴。作为母亲,我心里充满了对你的爱和骄傲。今天很特别,今天是荣耀日,国家正式承认你是我们英勇军队的士兵。多年来,我一直期待这一天的到来,儿子。我为你保管着一样东西,只能在这一天交给你。神圣的时刻终于到来了!"

她走到木衣柜前,打开柜门,踮起脚尖,从最上层拉出一大块布。布是漂亮的浅蓝色,里面好像包着什么东西。

她用双手捧着它,走到他面前,说:"儿子,这是我二十一年前穿过的袍子,我穿着它,和你父亲一起度过了最后的时光。里面包着他的腰带,我一直替你保管着。这条腰带原本属于你的祖父拉俄墨冬,他在马拉松光荣牺牲后,特米斯托克利把它交给了你父亲。你父亲总是戴着这条腰带,对它万分珍爱。在萨拉米斯阵亡将士的纪念仪式上,特米斯托克利又把它交给了我。在今天这个重要的日子里,我把这条腰带交给你。"她一边说,一边打开那块布,双手握住腰带。

透克洛斯双手接过它,腰带的银搭扣在光线下闪闪发亮。

一股强烈的情绪让他感觉全身麻木。他了解父亲的思想,能体会到父子情,也听母亲讲过父亲的故事,除此之外,他没有一件父亲的东西。突然间,他手里拿着父亲的腰带,一条父亲每天都会拿在手里的腰带。

他仔细端详,看见雕刻精致的女神雅典娜的头像,看见厚实的牛皮上有几处磨损得不成样子。他凑近看了看,发现搭扣旁的牛皮上有血滴留下的痕迹。

他浑身颤抖,把腰带举到唇边,低头亲吻斑驳的血迹,然后深吸一口气,闻了闻腰带的气味,感叹道:"父亲,我找到你了。"

他摘掉身上的腰带,放到桌上。他戴上父亲的腰带,在腰间束紧,下意识地用指尖抚摸女神的头像,和他父亲的动作一模一样。

帕西法厄激动而自豪地看着他,她为这一刻等待了很多年。

他在桌前的一把椅子上坐下,目光一刻也没离开她。

"这么重要的一天,我特别准备了一道好菜。"她在桌上摆好两个盘子和两个杯子,随后端来一个盖着盖子的炖锅,味道香极了。

透克洛斯揭开盖子,瞪大了眼睛,说:"土豆炖羊肉,还放了迷迭香!真是一顿大餐啊。我喜欢这道菜,妈妈,谢谢。"

"知道吗?有人告诉我,你父亲也爱这道菜。"她说。

他笑了笑,满怀爱意地看着她。母亲是个与众不同的斯巴达人。她从心底尊重斯巴达的法律和传统,但她头脑敏锐,总能发现和分析事物的好与坏。

他清楚地记得,有一次母亲告诉他:"评判人应该看他们的精神、道德和品性,而不是看他们来自哪里。在诸神的审视下,所有人都具有同样的价值。"

这些话深深铭刻在他记忆里,因为他觉得这些话是真理!

两人吃了起来。她悄悄欣赏着他。他太像他父亲了,就连周身散发的能量也像极了。

他们快吃完了,她从盆子里舀来水,他一口气喝了个精光。她又为他满上一杯,他又一饮而尽。清爽的水咕噜咕噜下肚,他舒服地"啊"了一声。

"你太渴了!要我再给你倒点儿水吗,儿子?"

他直视她的双眼,说:"妈妈,我渴望的是启迪内心的秘仪知识,比如父亲和你分享的那些。如果这几天你可以给我讲讲那些真理,我真的感激不尽。我现在比以往任何时候都想听。"

她温柔地看着他。她曾经也带着同样的渴望向爱人求知。

"透克洛斯，我的好孩子，我非常乐意和你分享，有些知识是我向你父亲学来的，以前没讲给你听，还有一些是我自己从秘仪知识的巨大宝库里发现的宝藏。首先我想告诉你，斯巴达有一位伟大的精神导师，名叫亚里斯托基尼斯。在以后的从军生涯中，你将有机会去他身边学习，我知道你一定非常向往。"

透克洛斯脸上浮现出灿烂的笑容。"真是好消息啊，妈妈，你刚刚说的话让我特别开心。等军队第一次休假的时候，我会马上去见他，成为他谦卑的学生。妈妈，我想请你帮忙安排这次会面。"

"没问题，透克洛斯。"她笑着说。

"太好了！真叫人高兴。你刚才说要和我分享知识，我等着听你讲。"

"好的，我从一个秘仪小故事讲起吧，是我看书时发现的，我觉得值得和你分享。"她看着他，讲了下面的故事。

第一个人类来到洞穴中祈祷，请求主神宙斯的帮助。

神出现在他面前。人感谢神赐予他生命，请求神帮助他，让他的人生变得更美好、更轻松。

于是，神赐给他一位神奇的仆人，名叫"头脑"。神说，这是世界上最好的仆人，但人必须时刻使唤他，给他清晰的指令。神警告第一个人类说,如果他让这位仆人成为了主人,他就会吃苦头。

人开心地离开了洞穴。从那以后,人生真的发生了改变。这位仆人果真神奇!在他的帮助下,人做了许多了不起的事,比如用石头和泥土盖房子,把河水引入田地,等等。人生变得无限美好,人很快富裕起来。

一天,人决定停下辛苦的劳作,给自己放个长假,跟亲爱的家人一起享受财富。那一刻,仆人头脑发了疯!

他开始向人灌输邪恶的想法,比如杀死邻居、抢走他的土地和美丽的妻子,这样人就能变得更加富有,还能把美人占为己有。仆人头脑整天念叨个不停,劝人去做最坏的事,甚至不让人好好睡觉。

人感觉筋疲力竭,又跑到洞穴里祈祷,请求主神宙斯的帮助。神再次现身。人感谢神赐予的礼物,一一细数他在仆人的帮助下达成的成就,然后解释说,这位仆人最近发了疯,正在毒害他的生活。仆人帮他过上了天堂般的生活,现在却把一切都毁了。

神说:"他成了你的主人。你没听我的话,没有时刻使唤他。"

"我总是使唤他,给他清晰的指令。但现在无事可做了,我在休息,最近没有干活,所以没有给他任何命令。"人说。

"这正是你犯的错,"神说,"不管你自己有没有做事,你必须时刻命令他做事。既然你是真心来请我帮忙,我就教你怎么办。

回家去,给他一条清晰的指令:我是你的主人,我命令你去那棵高树旁,爬上去再爬下来,没有我的命令,永远不得停下。

"这是一条明确的命令,你的仆人会服从并执行它。仆人头脑去爬树了,你才能真正用心生活。你现在应该非常清楚了,用心生活才是真正的生活。仆人可以帮你完成任务,所以当你又有事要做时,呼唤仆人头脑,跟他合作。如你所说,他在这方面是完美无缺的。事做完了呢?再让他去爬树吧!"

第一个人类照办了,他得救了!他渐渐明白,绝不能再让这位仆人掌控一切,否则人生会被毁掉!

"多么好的故事啊,妈妈!"透克洛斯高声说,"现在我明白我们的社会为什么堕落了。我们的头脑就像暴君一样,逼迫我们变坏,令我们筋疲力竭。"

"是啊,没听过这个小故事的人,恐怕很难看清并理解这个道理。"帕西法厄向他投去赞赏的目光,透克洛斯的领悟力真强。

"我懂了,"他微微一笑,"如果我的头脑发了疯,想让我当它的仆人,我马上命令它去爬树!"

"对,孩子。这样简单的事却变成了最困难的事,因为人缺少内在知识。"

"太遗憾了,妈妈,不是每个人都对内在知识产生兴趣和渴望。其实只要内在做出一点点修正,就能彻底改写人生,我们也就不会伤害自己、伤害别人。"

"透克洛斯，你父亲曾告诉我一句话，'一切即一，一切皆爱'。我尽最大努力挖掘这句话的深意，因为我和他来自不同的城邦，我必须维护对他的爱，而你是我们爱情的神圣结晶，我也必须维护对你的爱。

"所有心灵都赞同伟大的真理，既然如此，为什么还有那么多错觉？因为噪音比耳语更响亮。刚刚说了，头脑不停尖叫，心灵却在私语。想要听到心灵的声音，必须停止头脑中无休止的吵闹。只要心灵掌握了真理，我们就不会在乎周围人怎么说，我们的整个生命都会感受到真理，与真理共鸣。

"'一切即一，一切皆爱。'一位伟大的导师说过，全人类是一个整体。世界上只存在一种人类。人类就像身体，千千万万个细胞彼此不同，每个细胞都像每个人一样独立存在，小的细胞团是家庭，大的细胞团是城市、区域、民族、大陆、部落等等，对于身体而言，每一个细胞和细胞团都是有用的，它们具有同样的价值，在统一指挥下分工协作。人类的种族和民族也是同样的道理。一个国家向另一个国家开战，就像右手无法化解和左手的分歧，拿刀砍了左手。

"遗憾的是，人类社会缺乏意识，无法理解如此简单的秘仪真理，但这并不代表它不是伟大的秘仪真理。未来的人类只要在追求灵性的道路上迈出一小步，世界上就再也不会有战争了。"

"哦，天啊！"透克洛斯喊道，一时说不出话来。他没想到会听到这样的话语，如此透彻有力，如此直白地揭露了人类毫无节制的自私和愚蠢，而这正是他们互相残杀的根源。

他从桌边站起来，抱住母亲，闭上眼，轻声说："妈妈，我们和这里的人不一样！斯巴达没有一个活着的灵魂会这样想！我甚至怀疑整个希腊都没有这样的人。"

"说到点子上了，孩子，你刚刚说的'活着的灵魂'，正是问题的核心。人活着的时候，必须唤醒沉睡的精神，这是人生最重要的功课。人死时会顿悟真理，就像突然挨了一记耳光一样清醒过来，但死时才醒过来有点晚了。"

他看着她，眼神充满爱意和崇敬！

"我母亲是一位女祭司，也是一位伟大的导师，我真是个幸运的孩子。"他想着，嘴角扬起了微笑。

"我们去城邦外面走走吧。"帕西法厄说。

他们离开位于城邦中心的家，朝西面的高山走去。过了一会儿，他们经过了斯巴达边界的最后几座房子。一条上山小路朝泰格特斯山的方向延伸而去，山顶已被初雪覆盖。天空灰蒙蒙的，泰格特斯山仿佛属于另一个世界。山头吹下的风冰冷刺骨，但他们的心像火焰一样燃烧着。

"我回到斯巴达，发现自己怀上了孩子，也就是你，我激动万分，感觉像是你父亲从天上回来了。你是我们爱情结出的神圣果实，他把你给了我，再也不让我孤单。

"可是我身边没有一个真正理解我的人，我没法分享这个消息，甚至没法跟自己的族人分享。直到离你出生还有五个月的时候，我才说了这件事。

"那段时间，我喜欢独自在大自然里散步，就像我们现在一样。大自然有许许多多面孔，随着季节和时间千变万化，每张面孔都有独特的魅力、独特的魔力和独特的治愈力。"

他们来到山脚下，风中弥漫着百里香的清香。

"大自然是我们的医生，"帕西法厄说，"身处她的怀抱中，所有烦忧和焦虑都会消失。你看周围这些植物，大多数都可以用作药。事实上，成千上万的植物都具有疗愈功效。我父亲是这方面的行家。我小时候常常和他一起去山上，他教我认识了一些。泰格特斯山是我们的圣山，这里有很多这样的植物。"

"你是指茶叶和甘菊吗？"透克洛斯问。

"是的，但不止这些。我们身边有很多药用植物，比如角豆、茴香、薄荷、牛至、金银花、岩爱草、墨角兰、刺山柑、大麦、夏香薄荷、鼠尾草、盐肤木、山茱萸、玫瑰果等等，多到连名字都记不住。"

"哦！"透克洛斯惊叹道，"有些我认识，妈妈，有些我只听说过。"

她弯腰掐下一小枝牛至，送到鼻前闻了闻，闭着眼笑起来。

她把它递给透克洛斯,说:"牛至永远散发着希腊的气息!"

他也闭上眼闻了闻。果然,母亲说的没错,牛至特有的香气里蕴含着希腊味道。

母子二人一边朝泰格特斯山走,一边说着话。公元前460年12月的一天,他们的心灵因为爱而敞开,充盈着快乐和永恒!

"妈妈,我很想念你。"透克洛斯把一小朵野百合送到她手中,"你拥有如此灿烂的灵魂,我非常幸运,能成为你的儿子。"

他们往前走,她向他讲述从他父亲那儿学到的知识。透克洛斯求知若渴,全神贯注地聆听。

"妈妈,"透克洛斯说,"你很久前给我讲过一个问题,我想请你解释一下。没记错的话,那是你和父亲探讨的问题,圣师向他解释过。我们常常提到心灵,说要倾听心灵的声音,跟随心灵的意愿,现在我明白了,心灵的意思是灵魂,是人的核心。但为什么有时候说我们是精神,有时候又说我们是灵魂?"

"这个问题的答案极为精妙,"帕西法厄说,"圣师曾向你父亲解答过。我小时候认识一位睿智的导师,十五年前,我在斯巴达又遇见了他,也听他解释过同样的问题。我很幸运,在他生命的最后五年里,我向他学习了很多秘仪知识。这个问题的答案是,灵魂是精神的载体,肉身是灵魂的载体。"

透克洛斯带着"请解释"的表情望着她。

"在这个世界里,我们都是修行的学徒。如果像你父亲那样离开了这个世界,我们都是精神,栖居在最高的维度。根据秘仪知识,灵魂离开天国、降临这个世界之前,必须先喝下'遗忘之水',这样就不会记得上一世的经历。"

"哦!"透克洛斯感慨不已,"妈妈,为什么必须忘记呢?"他问。

"上一世的悲伤、仇恨、怨念、信仰、态度只跟上一世的生活环境有关,不应该也不适合带到新的生命中。在降临过程中,至纯的精神能量需要一面护盾,需要一个载体把它带入更低级、更粗俗的维度。第一个载体是灵魂。对于微小的灵魂能量来说,这个处于最低维度的世界仍然太过沉重、严酷。因此,更厚实、更物质的肉身成为了第二个载体和护盾。

"在这个物质世界里,精神得以依赖物质的肉身而存在。我们的世界具有二元性,肉身可以是男人或女人,这取决于灵魂的选择。二元性只存在于这个充满表象和形式的世界。男女、美丑、善恶、明暗只存在于这个世界。在更高的维度中,万物皆一,万物都是能量,而非形式。我们都是不朽的精神,我们拥有灵魂,我们住在肉身中!"

他望着她,眼里充满敬仰和感激。他为她感到骄傲。在她身边,他能感受到她的能量包裹着他,令他神清智明。

他们爬到了高处。远处的埃夫罗塔斯河懒洋洋地流过城邦,河岸边长满了芦苇。

山下的斯巴达看上去像一个小小的国家。斯巴达,雅典,希腊，欧洲，地球，宇宙，还有太阳和星辰，一切似乎都恰到好处地与他们的心灵融合。也许有些难以置信，但没错，整个宇宙都能装进他们心里！他父亲说得太对了。

人的心灵比宇宙大。万物都在我们的内心，万物皆一，万物皆爱，万物永恒！

突然，云层瞬间散开，太阳——生命的赐予者——将一束温暖的金光洒向他的女儿和她的孩子。这神圣的时刻散发着永恒的光芒，意识从中满溢而出。

透克洛斯转身看着母亲，她沐浴在金光中，浑身闪闪发亮，但这不仅仅是因为太阳。金光从她的身体里面透出来，照向四方。她的光也穿透了他的身体。毫无疑问，她是一位真正的祭司，是太阳的女儿。

他再次感激地看着她，心中涌出一股甜美的喜悦。她的眼里充满仁慈、光明和真知。

爱像潮水慢慢漫溢他的心房。他在内心深处拼命呼喊："妈妈，我爱你！"

他的眼睛饱含泪水，那是喜悦、崇拜和感激的泪水。他浑身上下都被她的光芒照亮。"妈妈，我爱你！"他又一次在心底呼喊。

她仿佛听到了他的心声，慢慢转向他，身上散发着光芒，脸上露出甜蜜的微笑。她再一次赋予了他生命！